唯独留下爱

[韩] 罗泰柱 / 著

郭鹏 / 译

新星出版社　NEW STAR PRESS

사랑만이 남는다 (ONLY LOVE REMAINS)
Copyright © 2021 by 나태주 (罗泰柱)
Simplified Chinese Translation Copyright © 2024 by Guangzhou Tianwen Kadokawa Animation & Comics Co., Ltd
Translation rights arranged with Sam & Parkers Co., Ltd.through JMCA and Wuhan Loretta Media Agency Co., Ltd.
All rights reserved.
著作版权合同登记号：01-2024-2085

图书在版编目（CIP）数据

唯独留下爱 /（韩）罗泰柱著；郭鹏译 . —— 北京：新星出版社 , 2024.7. —— ISBN 978-7-5133-5635-0

Ⅰ . I312.625

中国国家版本馆 CIP 数据核字第 2024KK4945 号

唯独留下爱

[韩] 罗泰柱 著；郭鹏 译

责任编辑	李文彧	特约编辑	方剑虹 刘兆兰 雷梣
装帧设计	罗智超	责任印制	李珊珊

出 版 人　马汝军
出版发行　新星出版社
　　　　　（北京市西城区车公庄大街丙 3 号楼 8001　100044）
网　　址　www.newstarpress.com
法律顾问　北京市岳成律师事务所
印　　刷　湖南天闻新华印务有限公司
开　　本　787mm×1092mm　1/32
印　　张　7.25
字　　数　105 千字
版　　次　2024 年 7 月第 1 版　2024 年 7 月第 1 次印刷
书　　号　ISBN 978-7-5133-5635-0
定　　价　56.00 元

版权专有，侵权必究。如有印装错误，请与发行公司联系：020-38031253

因为你是你

所以珍贵，所以美丽

所以惹人爱

诗人的话
爱才是唯一答案

　　如果有年纪比我小的人问起有关人生的疑惑，我想这样回答：人生的答案，第一个是爱，第二个是爱，第三个还是爱。我想说的是，一直以来，我们都因为无法去爱而感到忧郁、悲伤、忐忑不安，最终因为无法去爱而变得不幸。

　　英国文学巨匠威廉·莎士比亚在其作品《莎士比亚十四行诗》中提到，"子女""爱"和"情诗"是人类能永远活下去的方法。的确如此。当心中的爱化为诗句，那么这份爱意便能与诗歌一同成为永生的存在，而诗中所描绘的人，也将永远活着，永远不朽。

　　今年春天，我偶然从同为诗人的前辈那里听到这样的话：相较于自己曾爱过的人，人们对曾经爱过自己的人的记忆往往留存得更久，那些记忆也显得更加动人。这也确实如此，正如我们每个人都不会忘却童年时母亲给予的爱一般，对于自己曾感受到的爱，我们终生难忘。

爱,是唯一的答案,唯有爱才能永存。因此,我们应当倾注爱,也应当接受爱。爱绝非遥不可及的彩虹,它一直存于心中,是一份早就准备好要传达的心意。愿每一个人都能从诗句中感受到其中的爱。这本诗集谨献给世上的每一对恋人,世上的每一位妻子,以及这世上的每一位女儿。

我想通过你们,通过我的文字,成为不会消逝的存在。歌德在他的著作《浮士德》的终章中写道:"永恒的女性引领着我们飞升。"我坚信,爱将引领我们通往永恒。

罗泰柱

写于 2020 年岁末

第一部

想要偷偷呼唤的名字

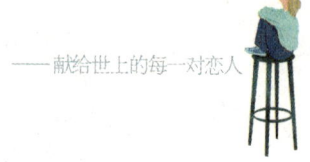

——献给世上的每一对恋人

爱情降临时	·003	你亦如此吗	·028
推开窗	·004	妙不可言	·030
想你的日子（1）	·006	树木	·032
爱情（1）	·008	刻骨铭心	·033
约定	·009	唯有上帝知晓的事	·034
秋日书信	·010	爱情总是笨拙的	·036
江畔	·012	虞美人	·038
我的心愿	·014	那句话	·039
单纯的爱	·015	爱情是	·040
立刻说出口	·016	活法	·042
梦幻	·018	近况	·043
活下去的理由	·019	今天的我怎么会成这样	·044
台风消息	·020	离别	·046
所以	·022	留在心中的宝石	·048
星星	·024	岛	·049
离开后的地方	·025	心中烦闷时	·050
秘密日记（1）	·026	整日	·051
踉跄	·027	野菊花（1）	·052

电话那端	·054	琢磨不透	·086
某些话	·055	没说出口的话	·088
秋日之约	·056	野菊花（2）	·089
眷念的人在遥远之处	·060	与树搭话	·090
起风了	·061	秋日书札（1）	·091
别离	·062	秋日书札（2）	·094
话是这么说的	·064	想你的日子（2）	·096
今天的你仍然在远方	·065	我对你	·098
冬日车窗	·066	问风	·100
何时	·068	思念	·101
今日之约	·070	徘徊	·102
致上帝	·072	山茱萸花凋零之地	·103
认识你之后	·074	爱的喜悦	·104
致离去的人	·076	来到这世上的我	·106
花开的道禾洞	·078	初雪	·108
爱情（2）	·080	想你	·110
竹林下	·081	花（1）	·111
冷风渐起	·084		

第二部

有你在旁，便是幸福

———献给世上的每一位妻子

礼物（1）	·115
谢谢你（1）	·116
痣	·118
春雨	·120
害羞	·121
遵从您的旨意	·122
我的爱情是假的	·123
爱你的方式	·124
起风的日子	·126
关于爱的回答	·128
花（2）	·130
花（3）	·131
把戏	·132
晴空	·134
赤脚	·135
不自量	·136
在世上的几日	·137
爱情有时是	·138

花（4）	·140
秘密日记（2）	·141
归根结底	·142
恋爱	·143
木莲花落	·144
长久的爱	·146
那样的人	·147
恳挚请求	·148
对于爱情的劝告	·150
礼物（2）	·152
绸缎江	·154
漫步田间小径	·156
赤足	·158
夕阳真好	·160

第三部
一想起你,心中便生出嫩芽

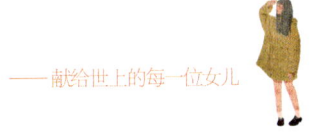

——献给世上的每一位女儿

春天的子民	·165	与孩子告别	·192
谢谢你(2)	·166	问候	·193
被爱着的人	·167	遥祝	·194
致青春	·168	挂念	·196
独自一人	·171	照相的时候	·198
笑而不语	·172	寄给你	·200
彼此的花	·173	花开冬日	·202
街头祈祷	·174	再见,我的爱	·204
祝贺	·176	爱你的聪慧	·206
爱情(3)	·177	为青春而唱的摇篮曲	·208
为你而来	·178	买围巾送给你	·210
幸福	·180	你离开后	·211
我所爱之人	·182	安好	·212
微末的心愿	·184	即使如此	·213
台风过后	·186	向你问候	·214
无法走近的心	·187	真正的爱	·216
是爱情就前进吧	·188	憧憬	·217
你的名字	·190	请您容许	·218

天色如洗

和风习习

我要把这美好的风

美好的天空

全都寄给你

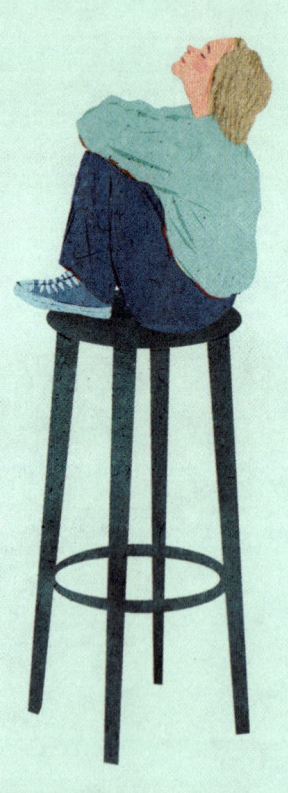

第一部
想要偷偷呼唤的名字

—— 献给世上的每一对恋人

爱情降临时

比起近在咫尺
身在远处时
反而更能捕捉到他的目光

即使相隔甚远
你依然能听到他的呼吸声
那就说明
你已经爱上那个人了

无须怀疑
也不必因羞涩而躲藏
爱情,正是如此悄然而至

即使转过脸,闭上眼
也阻挡不了

推开窗

我推开了窗

开了窗后

凝望着漆黑夜空中的繁星

繁星在夜空中闪烁

我在其中挑选了

最为漂亮的一颗

把它看作是你的星星

那颗星星与你

一同走进我的心房

我的心就这样慢慢地

亮了起来

现在

即使孤身一人

我也并不孤单

即便相隔遥远

我们也并未真正地分离

在夜空中闪耀的星星旁

你也是颗耀眼的星星

追随着你这颗星星的我

也同样是颗闪闪发亮的星星

想你的日子（1）

你过得还好吧？

我相信你一定过得很好

时不时地

我就会想起你

就像习惯一样

望着天空

看着云朵

然后仔细审视我的心

在那里

会不会有

一口水井？

一口早已染上青铜色的老井？

在那里

会不会有飘动的云朵?

在那里

会不会有微风吹拂而过?

希望能见到

你的面庞

哪怕短短一瞥

也是很好的

爱情（1）

今天我好想
听听
你的声音

似乎听到了
又好像没听到

突然开始好奇
地球独自旋转时
会发出怎样的声音

约定

明天
我与她约好要再见

想快些见到她
我的心躁动难安

假如今天就是明天
那该有多好啊!

秋日书信

我爱你这句话
一直珍藏于心
我爱你这句话
真的难以启齿

江畔

难得今天的风如此宜人
我们牵着手去远方走走吧
不要松开紧握的手
能走多远走多远吧

人们都在看着我们
那就把背后牵着的手
藏得再深些吧
却依旧没逃过风的注视

即便手牵手也感到想念的心
就算面对面还是想见面的心
让它随江水流走吧
让它随风儿飘散吧

今天的风格外舒适

江面波光粼粼

在我们不能相见的日子里

你变得越发美丽了

我的心愿

没什么大事,我只是
想听到你的声音
所以给你打了这通电话

没什么大事,我只是
好奇你此刻在做些什么
所以给你打了这通电话

听到你的声音就足够了
知道你在做什么也就好了
愿你度过美好的一天
愿你战胜所有困难

如若幸运,我希望能再次与你相遇
下次也愿带着笑容相见
这就是我所有的心愿

单纯的爱

愿秋天早些到来

仿佛这样你就会带着微笑
沿着秋日小径的阳光
朝我走来

愿夏天早些离去

仿佛这样我就能带着微笑
踩着秋日的衣角
与你相见

立刻说出口

不要犹豫,立刻说出口

不要等到明早,就是现在

立刻说出口,时间不等人

说你爱我

说你喜欢我

说你想念我

太阳即将落山,花儿即将凋谢

风在吹拂,鸟在啼鸣

就是现在,不要在乎别人怎么看

说你爱我

说你喜欢我

说你想念我

不要强忍着不说，也不要吞吞吐吐

明天花儿就会凋零，就是现在

即使有花，那也不再是现在这朵了

说你爱我

说你喜欢我

今天，你就是那朵花

梦幻

仿佛轻轻一触
就会在指尖流淌的
梦境

仿佛微微一拥
就犹如溪水逝去的
身躯

闭上眼睛便能看见
睁开眼却又消失无踪
究竟该如何是好!

活下去的理由

只要一想到你

我就会立刻从梦中醒来

浑身充满力气

只要一想到你

我就有了活下去的勇气

天空也变得更加湛蓝

一想起你的脸庞

我的心就变得温暖

一想起你的声音

我的心就充盈喜悦

是的,就紧紧闭上双眼

得罪上帝一次吧!

这就是我能活过这个春天的理由

台风消息

听说台风从遥远的

海的那头袭来

心头着实有些害怕

但台风也带来了

你呼吸的声音

从遥远的大海

穿越惊涛骇浪传来的

你呼吸的声音

恐惧,却也感到欢喜

感谢我今天还能够活着

还能好好地呼吸

还能好好地爱着你

嫣红的百日菊

即使在风雨交加中

也抬着头挺着胸

我就注视着它,细细打量

所以

你爱鸽子

爱风铃草

爱孩子

还有溪水流动的声音和微风

甚至连洁白的云朵也深爱着

因为我爱你

我自然而然地

也开始爱上了鸽子

爱上了风铃草和孩子

也爱上了溪水流动的声音和微风

还有那洁白的云朵

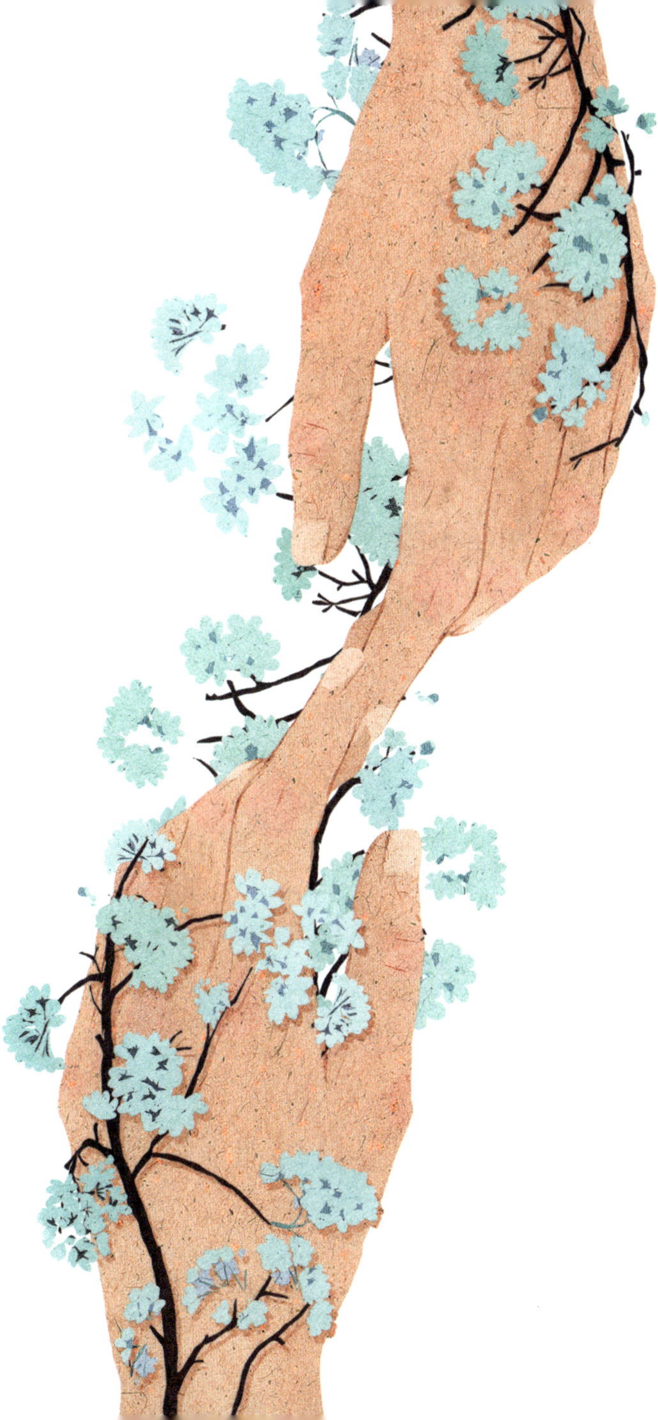

星星

来得太早或是姗姗来迟
两者之一
离开太快或是停留太久
也是两者之一

某个人匆匆离去之后
留下久不消散的闪耀光辉

手冻僵至无法牵住彼此的
那份痛惜
距离太遥远,手却太短
无论怎样往前伸,都无法抓住你

愿你活得长长久久
也请你一定不要忘记我

离开后的地方

我离开后

担心被独自留下的你

会哭很久很久

因此我无法轻易离开这里

你离开后

想着被独自留下的我

会哭很久很久

你是否也会在那里哽咽啜泣?

秘密日记（1）

天主啊，仅此一次，请您闭上眼睛

当我活在这个有着明亮阳光的世上时
可以将这名娇小的女子
怀揣在心头
请您容许我这样做

她是个身材娇小的女子
她是个眼睛不大的女子
也是个连梦想都很微小的女子

一下下就好，请您容许我去爱她吧

踉跄

每次见到你

我都一个踉跄!

站立不稳

像摇摇欲坠

却怎么也倒不下的

比萨斜塔

看着这样的我

你开玩笑问着

是不是被你的美貌迷住了

又一个踉跄!

心中汹涌的海水

倾向了一边

你亦如此吗

我因你而活

即便吃饭
也匆匆了事,只为与你快些相见
还有
即便睡觉
也期待赶快天亮,希望与你快些相见
如此循环,如此往复

当你在我身旁时
为什么时间流逝如飞?真是令人惋惜!
当你不在我身旁时
为什么时间缓慢蹉跎?真是令人焦急!

即使远行，我的心中也牵挂着你

归来之时，满脑子也全都是你

今天，我的太阳仍然因你而升起

也因你而落下

你也和我一样吗？

妙不可言

迷醉,耀眼
因为喜欢你而束手无策
因为喜欢你而心慌意乱
总之,欢喜得要命

日出时陶醉
日落时陶醉
鸟儿啼鸣,花朵绽放都令人陶醉
江水摇曳着尾巴,奔向大海
这一切都令人着迷

没错,最重要的是
海水涌动,潮起潮落,那片晚霞
想要沉溺其中就这么死去的冲动
才是真正的陶醉

不对，站在我面前的

微笑的你

才是最妙不可言的

你究竟从哪里来？

如何来到了这里？

又为了什么因由到来？

你的到来

仿佛是要实现我们千年前许下的诺言

树木

未经你的许可

我将太多的心意

全都给了你

我的心意

几乎都被你夺取

我无法收回那份心意

只能站在风呼啸的原野尽头

直到今日仍沉溺在悲伤当中

哭泣着,最终成为一棵树

刻骨铭心

本不想如此，但眼泪还是涌上心头
听着美妙的音乐竟也哽咽
看着戟叶蓼、水蓼这些枯萎的秋天野花
仿佛看到了我自己的模样，不禁心生悲凉

你指着那些紫色的野花说它们很美
我不知道确切的名字
只随口称之为夏枯草的秋日野花
其实名叫海州香薷

它们在山谷中盛开，漫山遍野
它们看着我，装作认识我，我却心如刀割
它们似乎带着你紫色的微笑
我独自看着，心都碎了

唯有上帝知晓的事

虽然有爱慕的人
我却无法言明那是谁

若能言明,就代表
那份心意会改变

虽是独自一人时浮现的脸庞
我却不能告诉你长相

若能言明,就说明
那份心意会消失

那是唯有
上帝才知晓的事

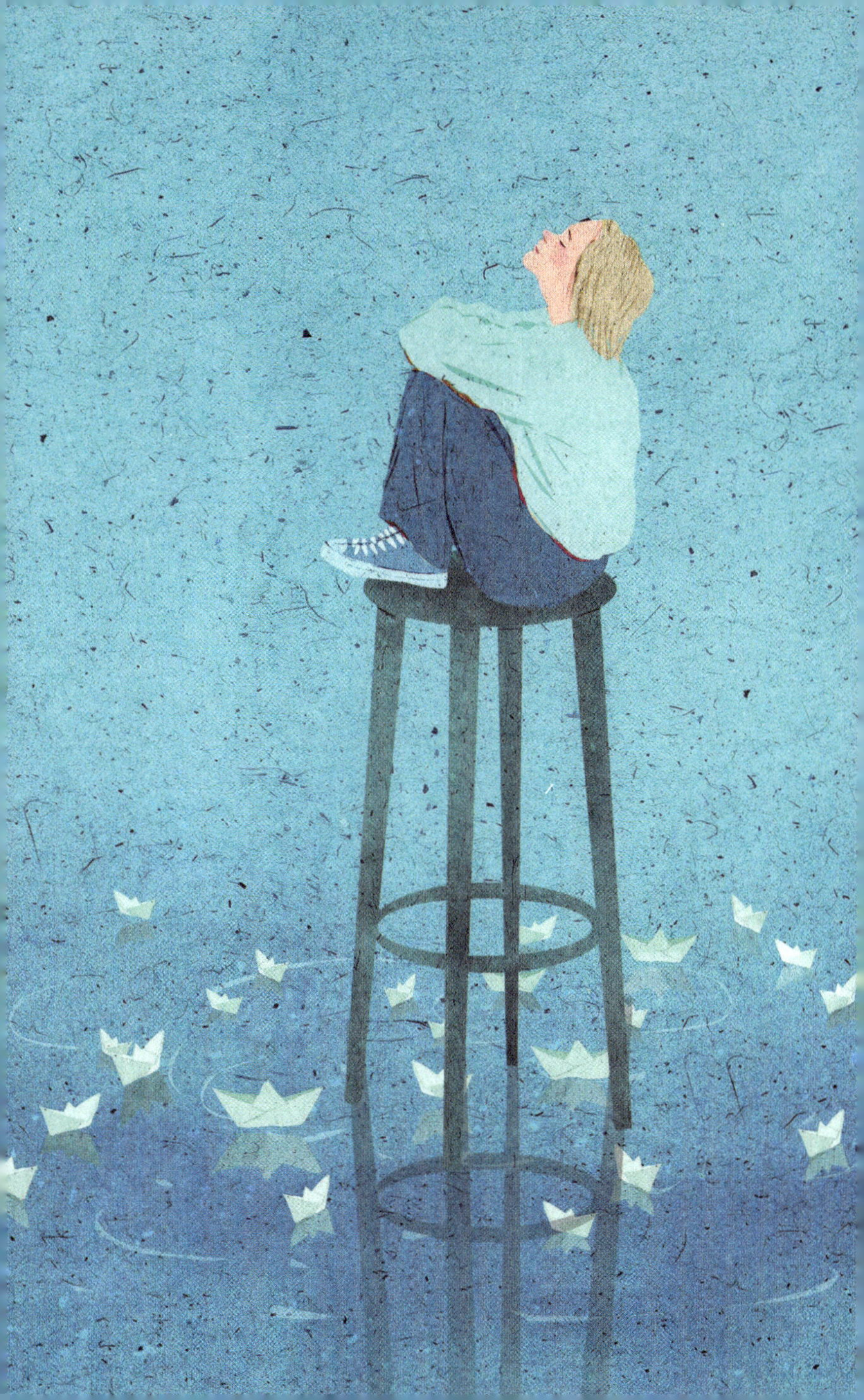

爱情总是笨拙的

不感笨拙的爱情

已经不能称之为爱情了

昨日与今天也已见了面

你的脸庞依然仿若初见

不感生涩的爱情

已经不能称之为爱情了

分明刚刚才听过你的声音

你的嗓音依然陌生又新奇

在哪里见过这个人呢……

在哪里听到过这个声音呢……

只有笨拙才是爱情

只有生涩才是爱情

今天，你在我面前

再次重生

今天，我在你面前

再次死去

虞美人

思绪总是迅速的
觉醒却总是迟缓的

就这样一天又一天
心中早已血流成河

我颤动的心
总被你看穿

我投向你的目光
总被他人察觉

那句话

我好想见你
很多回忆涌上心头

尽管到了最后一刻
却还有话未能说出口
我爱你
我好爱你

停留在口中的这句话
愿它化作花朵
散发芬芳
成为一首歌

爱情是

爱情是
　心神不定

爱情是
　怦然心动

爱情是
　彷徨不决

爱情是
　山林之风

爱情是
　翱翔的鸟

爱情是

沸腾的水

爱情是

万千思绪

活法

思念你的时候我去画画
寂寞的日子就听听音乐

而那之外的时间
我都用来想你

近况

最近

住在你心里的我

过得如何？

住进我心房的你

依旧

美丽可爱

今天的我怎么会成这样

秋日之多,令人疲惫厌倦

期待着秋天快一些离去

好让冰冷的冬季赶快降临

你曾给我带来的秋天

如今只剩下孤寂和萧索

在你已匆匆离去的地方

我与秋天为伴的日子

实在太多了

不经意间，院子里菊花丛丛盛开

我无法看到风从花丛中拂过

花朵随风摇摆的模样

慢慢染红的枫叶早早脱离枝桠

飘落在地上

踩在脚下沙沙作响

我更加不忍再看

今天的我怎么会成这样呢？

离别

我爱你

我爱你

我爱你

知道了

知道了

好好的

不要哭

不要哭

不要哭

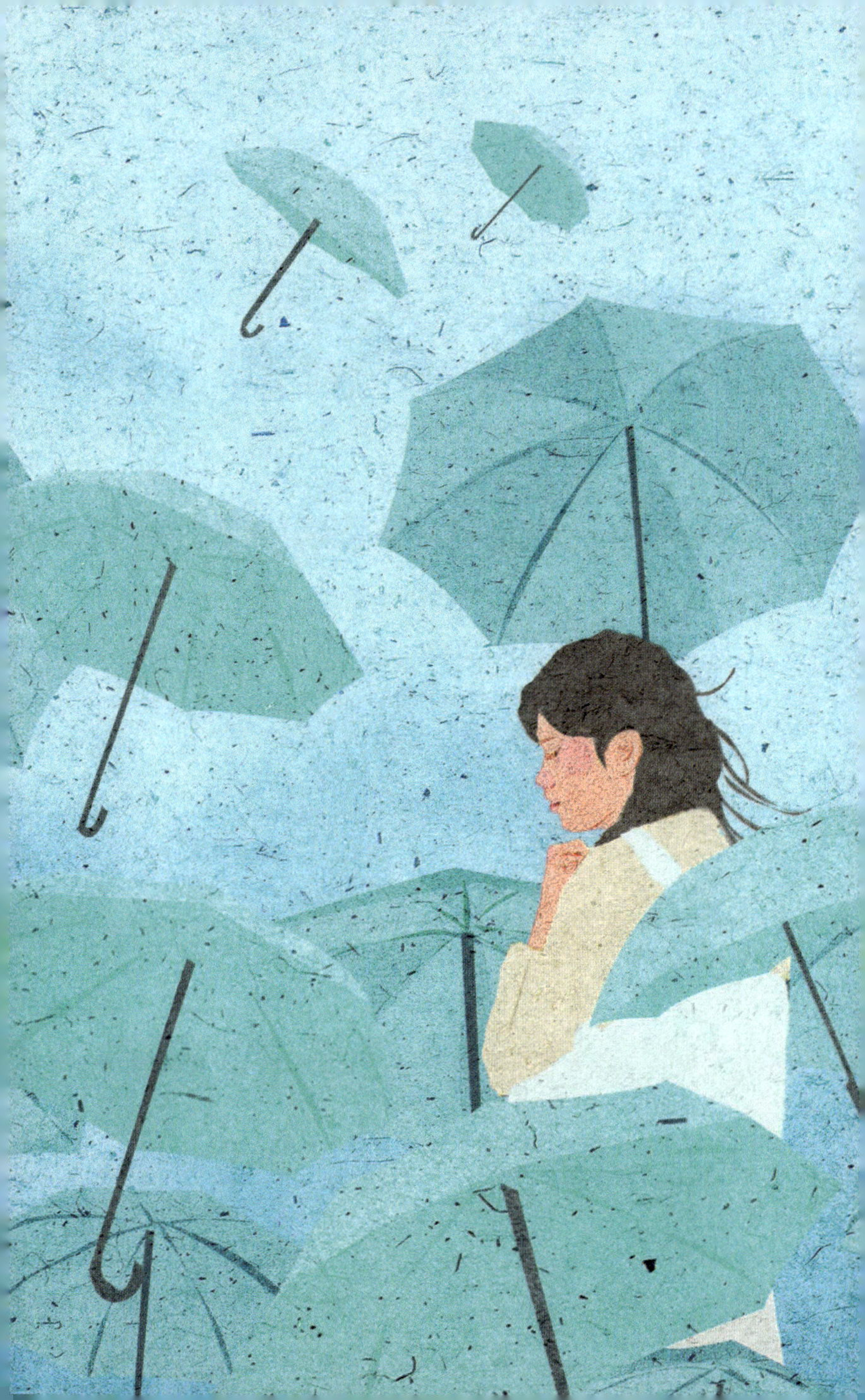

留在心中的宝石

我一直想给你写信,一直想写
但一连几天却未动笔
一定要打个电话,和你通话
但忍了几天都没有拨出去

风今天也对脖颈感到陌生
阳光睁开更加哀戚的双眸
白昼日渐变短
我们即将迎来的日子定也如此

在与你分离的日子里
那个要好好生活下去的承诺
我从未忘记
经历岁月洗礼,早已褪色的承诺
却依然留在我心中,化为一颗宝石

岛

你和我,
手牵手,闭着眼一同走来的小路上

我身旁早已没了你的身影
这该如何是好?

我迷失了回归的方向
只能独自在这里默默哭泣

心中烦闷时

有时心中烦闷,有时压抑到几乎无法呼吸,也许是因为你占据了我心里太多的位置。这样下去是没办法生存的,所以我想让你暂时离开我的心。

庭院的一隅,一排排地种着松树、三球悬铃木和梧桐树。我想将你视作一棵柿树,种在它们当中,在蝉鸣声如同阳光一般火辣辣地倾泻而下的盛夏中罚站一会儿。这样一来,你枝条上的果实必定慢慢长大,果肉也必将充盈着甜蜜的汁液。

我们的第一个秋天好不容易来临了,我们仰望着熟透的红柿,就算在树下站得再久也会感到愉悦。我们偷偷瞄着彼此心里那颗红润诱人的熟柿,像年幼的孩子一样,嘴边挂满不懂事的笑容,咬了一口多汁的红柿。

整日

我整日把自己关在房间里
心中所想全是那个人

我整日把自己关在房间里
脑海中浮现的只有一张面孔

每个漆黑的夜晚
梦里见过的总是那张相同的脸庞

山中传来落叶纷飞的声音
而我心中传来的正是你的悄声细语

野菊花(1)

独自攀登

风呼啸而过的山梁

让过去留在山下

别再回忆逝去的时光了

真的不要再去追忆了

独自攀登

芦花遍地盛开的山梁

让过去留在山下

快些忘记吧

真的彻底遗忘吧

凝望飘动的云彩

不知何时

眼泪在双眸中涌动

化作湿润花瓣的露珠

电话那端

电话那端传来

淘米的声音

还有洗碗时发出的清脆碰撞声

嗯,今天也过得很不错啊

电话那端传来

电视的声音

隐约传来了美妙的音乐声

嗯,今天也好好休息了呢

谢谢你

某些话

我想你
我深深地思念你

我的人生
只需这两句话就足以概括

当这句话说出口
我的心会瞬间舒畅

你曾来到我身旁
对我嫣然一笑

秋日之约

今日的天空依然阴沉
在乌黑的云朵下
我与秋天撞了个满怀

当秋天来临时
我思念的多情的可人儿
就会来兑现与我的约定

她翻过了
开满白色野菊花的小山丘
背后是晴朗蔚蓝的天空
裙摆飞扬,发丝随风飘动
请快点来到我身旁吧!
我们曾许下了诺言

秋天啊，秋天啊，请加快脚步
我思念的人啊，请快点到来
你如今是我心中一朵洁白的雏菊
是清澈如井水的秋日天穹
也是这个秋天的伊人

今日的天空依然阴沉
在乌黑的云朵下
我与你撞了个满怀

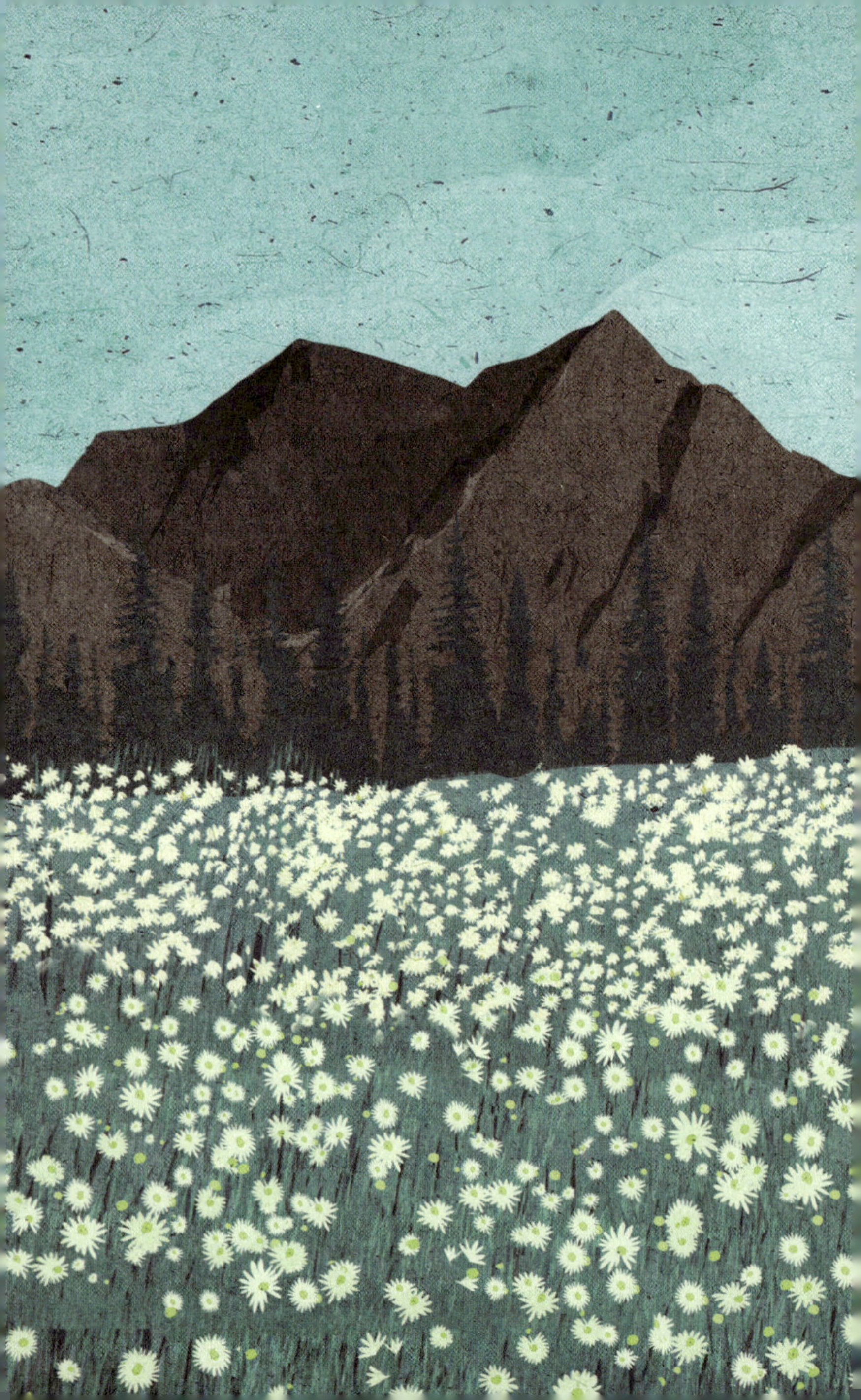

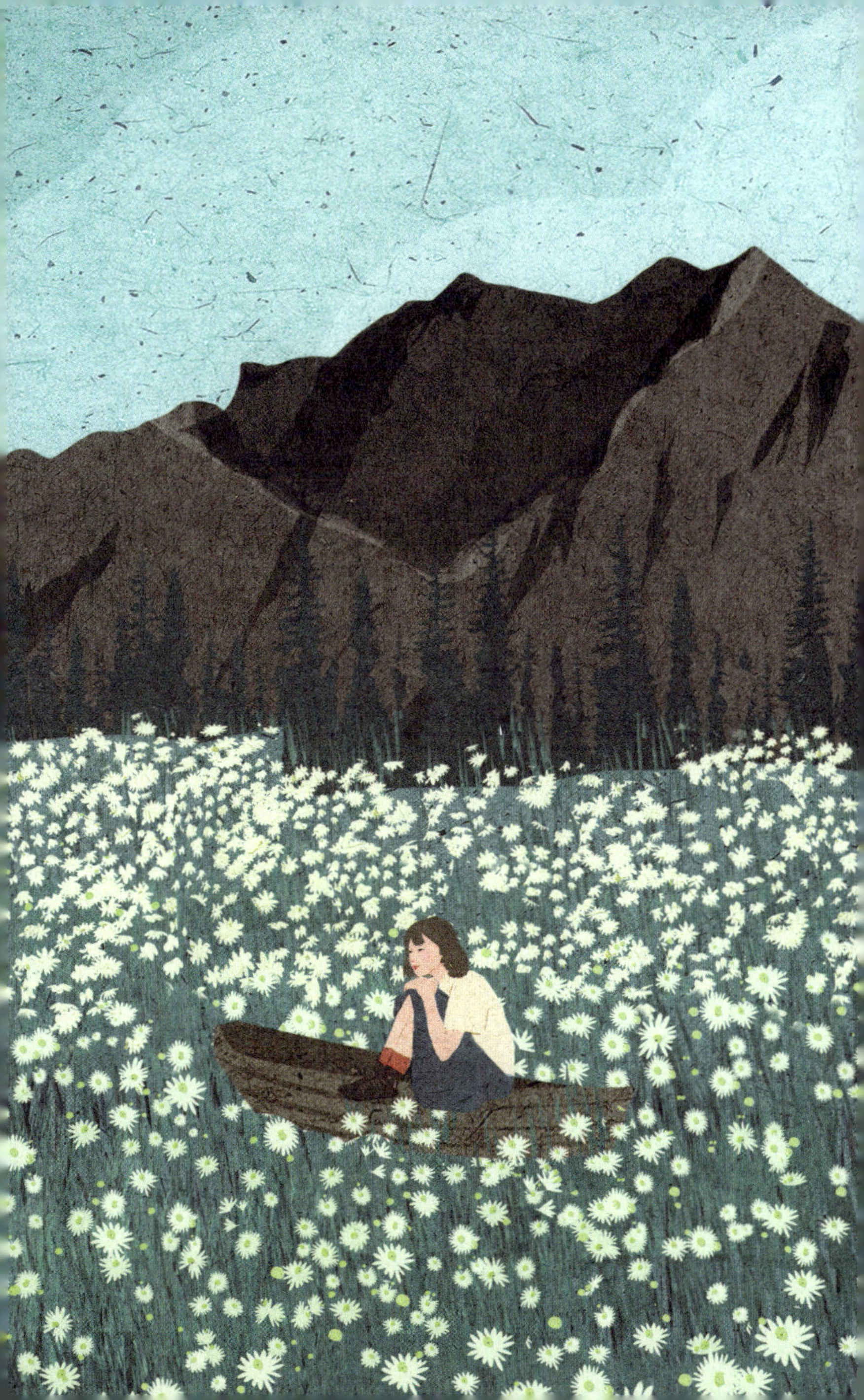

眷念的人在遥远之处

连一张画都没有好好地画过
就这样让美好的秋天溜走了
就这样依依不舍地惜别了
秋日的山川树木,鲜花小草

眨眼间花儿凋谢了
风也变冷了许多
白云在日渐衰弱的阳光下
像个无处可去的人,驻足片刻又离去

而我,今天依旧孤独地坐在
阳光明媚的窗前
我所眷念的人在遥远之处
已经很久没有了她的消息。

起风了

我的心也许是柳叶吧?
今天的风很大
我的心随风颤抖着

因为那个人,我能抓住流动的风
因为那个人,我能洞见满是爱意的心
因为那个人,我能让爱永恒不变

今日,我所眷念的人身在远方
相隔愈远,思念愈深
愚蠢的我,无法控制自己的心
变成了思念的奴隶

我的心也许是风车吧?
今天的风很大
我的心随风转动不止

别离

我们再也无法相见

你已经变为花朵、小草和树木
即使你就在我眼前
我也无法察觉
你的存在

我也变成了云彩、清风和雷鸣
即使我从你身旁
悄然经过
你也无法认出我了

泪水会涌上眼眶

化作微小的湖泊

在这座唤作地球的星球之上

这是最后一次的相遇与别离

我们再也无法以人类的模样见到彼此了

话是这么说的

你离开后
没有你的我
该怎么活下去
我并不知道

但我离开后
没有我的你
也要好好地生活
朝气蓬勃地活着

就像早晨绽放的
花儿
就像正午飞翔的
鸟儿

我嘴上这么说着

今天的你仍然在远方

每天打着电话
你在哪里,正在做什么
和谁在一起,是否一切安好
有没有按时吃饭,睡得是否香甜
总是问个不停

早晨起床后
阳光如此耀眼
看来昨夜的你一切安好

今天的你仍然身在远方

现在整个地球都是你的身与心

冬日车窗

将对你的思念拥入怀中
即使是冬天，也能蜕变成春天
想着你微笑的模样
即使是寒冬，花朵也会绽放

该如何是好呢
这样的谎言
如今还是对我很管用
让我满心欢喜

清晨时分
去往清州的道路上
车窗外弥漫着冬日的雾气
雾气背后是脱去外衣的
冬季树木

为何冬天的雾气和树木

今日看起来格外亲切

贴近心扉呢

何时

光是看着你的样子
心中就泛起一阵酥麻

光是听到你的声音
心头就猛然一颤

我的心是你开出的花朵
是你为我开启的那片天空

那里白云飘过
那里轻风吹拂

各种纷乱的思绪

来了又去

我不晓得要到何时

才不会在你面前如此慌乱

今日之约

我们不谈大事,不谈沉重的话题
就聊点微小的轻松的事情吧
比如早晨醒来,看到一只从未见过的鸟儿飞过蓝天
比如走着走着,透过围墙听见了孩童的嬉戏声,暂时停下了脚步
再比如蝉声鸣成了淙淙江水,流入了天空
我们只说这些就好

我们不提他人与世界
只讲你我之间的故事
可以是昨夜难以入眠,辗转反侧
可以是整日彼此思念,心潮起伏

也可以是在难得月朗风清的夜空寻得一颗星,许下深藏许久的心愿

我们就畅谈这些吧

其实我们心知肚明,只说你我间的故事,时间也不够了

好吧,即使我们分隔两地

即使我们好久未在彼此身旁

我们都决心要变得幸福

这就是我们的今日之约

致上帝

请您再一次宽恕我
想把某个人
偷偷藏起来的念头

这些话我已经向您言说多遍
她是我心中的灯火
她是我心中的花朵
没有她的每时每刻
都令人难以承受
连呼吸都变得困难
这该如何是好?

感谢您的应允
让我遇见
像她这样的人

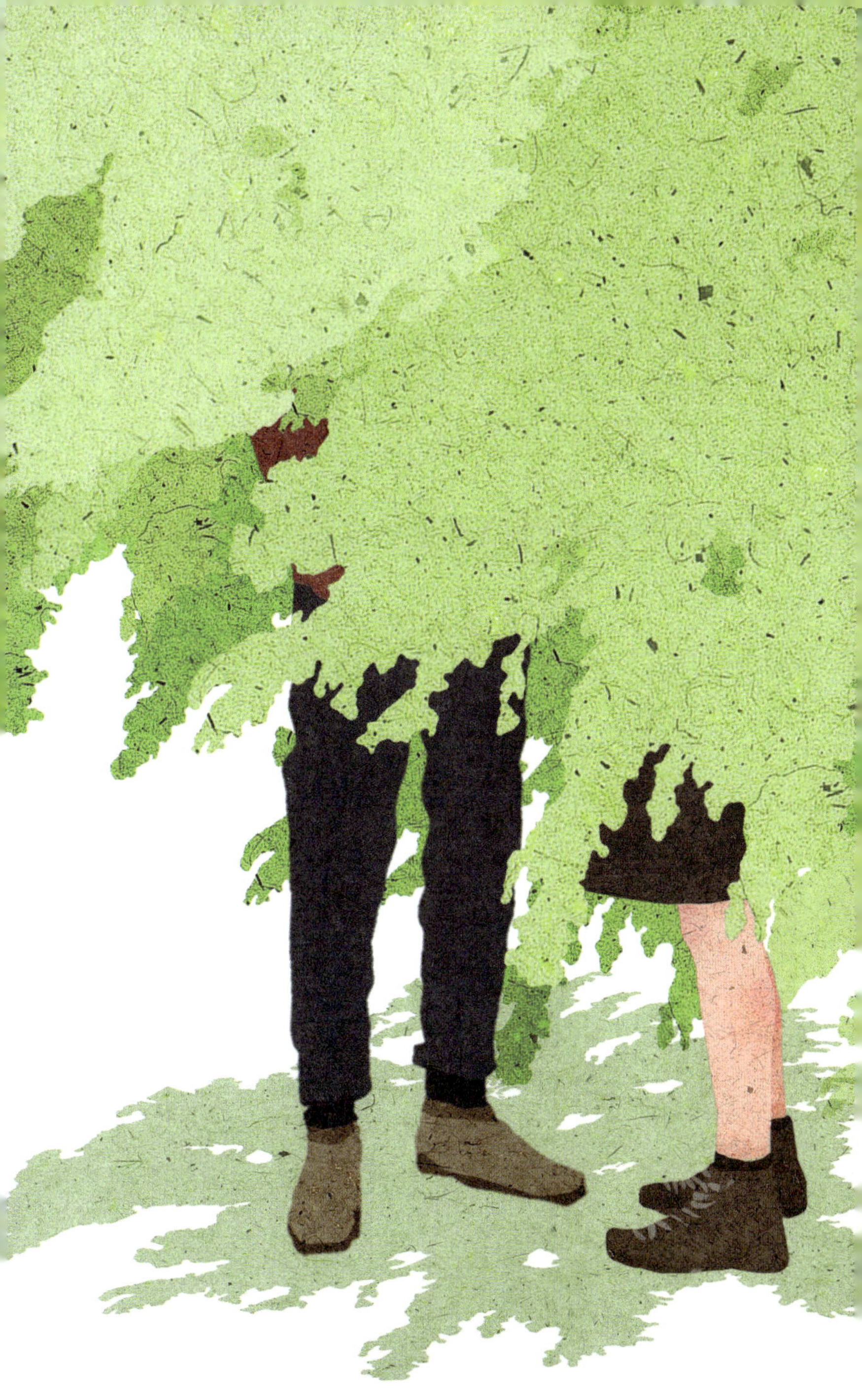

认识你之后

自从认识你之后
即使睡觉
也仿佛不再是独自入眠
而是与你一同进入梦乡

自从认识你之后
即使走路
也仿佛不再是踽踽独行
而是与你并肩漫步

自从认识你之后
看到的月亮
不再是我独自望着的月亮
而是与你一起欣赏的皎皎明月

自从认识你之后

听到的歌曲

不再是我独自听到的歌

而是与你一起聆听的天籁之音

致离去的人

你知道吗?

当抓着气球绳的孩子
松开手后
气球飞至高空某处
总带着令人惴惴不安的自由

你知道吗?

心中想着要跟谁见见面
但踏出家门的那一刻
却连要见谁,去哪里
都无从决定时的脚步如此茫然

即便要走

也留下一些心意吧

不,请把我的心意

带一点走吧

花开的道禾洞

始终不愿讲出口

我曾经爱过一个姑娘
于是在二十五岁那年的一月
去向她表白
我只知道她住在仁川市道禾洞
却不知道具体的门牌号
那天，我穿着廉价的褐色毛料西服
计划直接请求女孩的父母答应我们交往

我沿着曲曲折折的羊肠小路前行
因为是冬天
夜幕早早地落下，天色显得昏暗
放眼过去便是一排排紧挨着的房子
巷子尽头面粉磨坊最里侧的小屋，便是女孩的家

终究我还是被拒绝了,哭着转身离开

陌生城镇的寒风,冻僵了我的脸颊

即便是在冬季,那里却开满了桃花

桃花花瓣落到眸上

结成了冰

即使现在去找

仍然能够在那个地方找到

是仁川市道禾洞面粉磨坊最里侧的房子

那是我第一次表白被拒绝的少女的家

她是个鼻子高挺,双颊总是红扑扑的济物浦女孩

我终究无法忘怀

爱情（2）

我应该爱你吗？我有些害怕
因为不知道哪天就会讨厌起你
与你分手

我应该恨你吗？我有些害怕
怕恨你的心变成心结
我会更厌恶这样的自己

现在选择不去爱你
就是我爱你的方式

竹林下

1

风追赶着云彩

云彩带走了思念

思念撼动了竹林

竹林下,我的心像落叶一样飘散

2

就像整夜从竹叶上滴落的熠熠星光

被熏黑的灯罩之后是你朦胧的面庞

夜色深沉

竹林泛起涟漪,传来轻柔的雨声

时而也能听到晚风穿梭其中的声响

3

昨夜思念涌动,给你写了一封信
梦境中的相逢,我哭得失声倒地
我从梦中醒来,眼角的泪痕已干涸
推开门
山谷中缭绕着如丝绸般轻柔的氤氲

4

并非万物皆归我所有的秋天
只有日落时分的云彩属于我
只有村口孩童的嬉戏声
属于我
还有那从村口升腾起的夜雾
也属于我

并非万物皆归我所有的

这个秋天

唯有早早吃过晚饭

前往井边散步的月亮

才属于我

沉浸在井水中梳洗秀发的月儿

才属于我

冷风渐起

冷风渐起

萧瑟的风吹拂着枯叶

我们注定要经历漫长的离别

犹如等待黑夜渐渐消散一般

度过无蝶翩跹、无花绽放的时光

这是一个令人怀念体温的季节

每个夜晚我点亮烛火

书写着无法寄出的信

因此,我开始

为你写诗

寒风吹拂着枯叶

深山鸟巢中的幼鸟冻得瑟瑟发抖

长夜漫漫,你和我书写着

无从寄达彼此内心的信

我们注定经历漫长的离别

琢磨不透

提出要见面的话

也很少答应

打了电话也常常不接

发了讯息

也不曾回复过的那个女孩

我说不要再见面了

她却低下了头

我说别再打电话了

她却双眼噙满泪水

最终,啪的一声

一滴眼泪掉落在桌上

究竟是何原因

实在琢磨不透

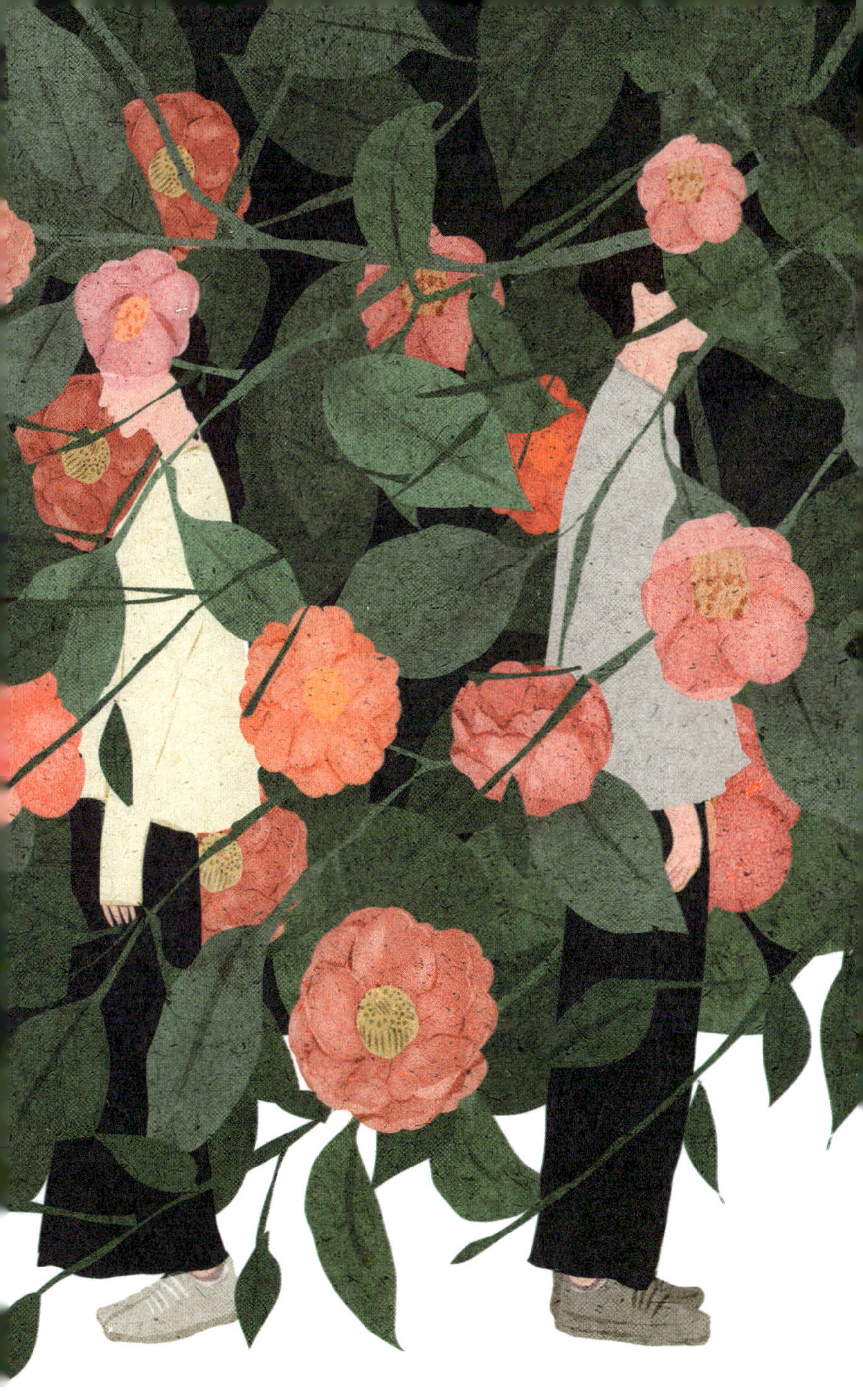

没说出口的话

昨天说过的话,今天又重复了一次
前天说过的话,今天又重复了一遍

你过得好吗?
一切都安好吧?
有好好吃饭,好好睡觉,和朋友们一起笑呢?
是否有舒心自在地好好生活呢?

然而我藏在心中终究未能说出口的那句话
也是你早已知晓的一句话
今天依旧难以启齿,明天亦无法言说的
那一句话

那句一直未能说出口的话
将在你心间如花朵般盛放
将在我心中成为闪耀的星

野菊花（2）

说好了不哭

泪水却先打湿了睫毛

说好了要忘却

却又再次想起

为什么我们总是

在分手后才会思念彼此呢？

嘴上却说着一定要忘记

一定要忘记……

写于

灯盏之下

与树搭话

我们是否
真的曾经相遇过?

我曾经相信
我们彼此相爱
我曾经相信
我们深刻地理解彼此
也曾经觉得即使付出一切
也绝不感到可惜

风并没有吹来
树却似有若无地
扭动着它的身躯

秋日书札(1)

1

最终还是空手而归的秋天啊

连只纸鹤也没飞来的秋天啊

我的心都已全部奉上

现在我不知道该再给你什么了

2

摘下菊花嫩叶点缀

纸门上新糊的纸张

来自幽冥的阳光涌入屋内的每个角落

那便是穷苦人的冬日食粮

3

再也不去想了

下定决心后我顺着山脊往下走

回头一望

看见了零落的几撮秋天花籽

听见了山那边随风飘散的汽笛声

4

秋天已经离去

剩下的是

风衣下摆处飞扬的风

和沾上污渍的衬衫领子

秋天已经离去

剩下的是

我在去见你的小巷里

吹响的口哨声

初雪落下那日

点亮

你窗户的是

一盏纸灯

秋日书札(2)

1

如果那是你也难以轻易抚慰的悲伤
让我们在日落时分,共同站在海边
为了遇见即将转身离去的阳光
也为了与它再次告别

2

在我每次眨眼间
一层一层褪下外衣的云朵
仿佛是你在远处微笑的侧影
如此明亮却又令人感伤
那是我无法触及的遥远高处

3

无法进入任何人的院子

也无法在任何田野中休憩

我左右张望着走到了这里

抬头仰望天空,看见了你的额头

4

呼,往玻璃窗上哈了口气

写下那个人的名字后又立即擦去

这令人沉溺又心碎的愚蠢

或许早已被谁发现了……

想你的日子（2）

拥有一个

想暗地里独自呼唤的名字

是一件令人如痴如醉的事

拥有一个

想私下里独自思念的人

是一件令人喜极而泣的事

我想独自思念着进入睡梦

又想独自思念着清醒过来

拥有一个人

是一件令人既幸福又孤独的事

请称呼我为

山中的树，田边的草

你不觉得

无论触碰我身体的哪个地方

碧绿草汁与树木的芳香

都会蔓延开来吗？

请称呼我为

小小的鼓

你不觉得

无论触碰我身体的哪个地方

都会传出咚得隆咚的阵阵鼓声吗？

我对你

你可以不知道
我对你
有多么喜欢

对你的那份喜欢
只属于我自己
对你的那份思念
即使只是我一个人的
也已是满溢而出……

现在的我
就算你不在身旁
也能继续喜欢着你

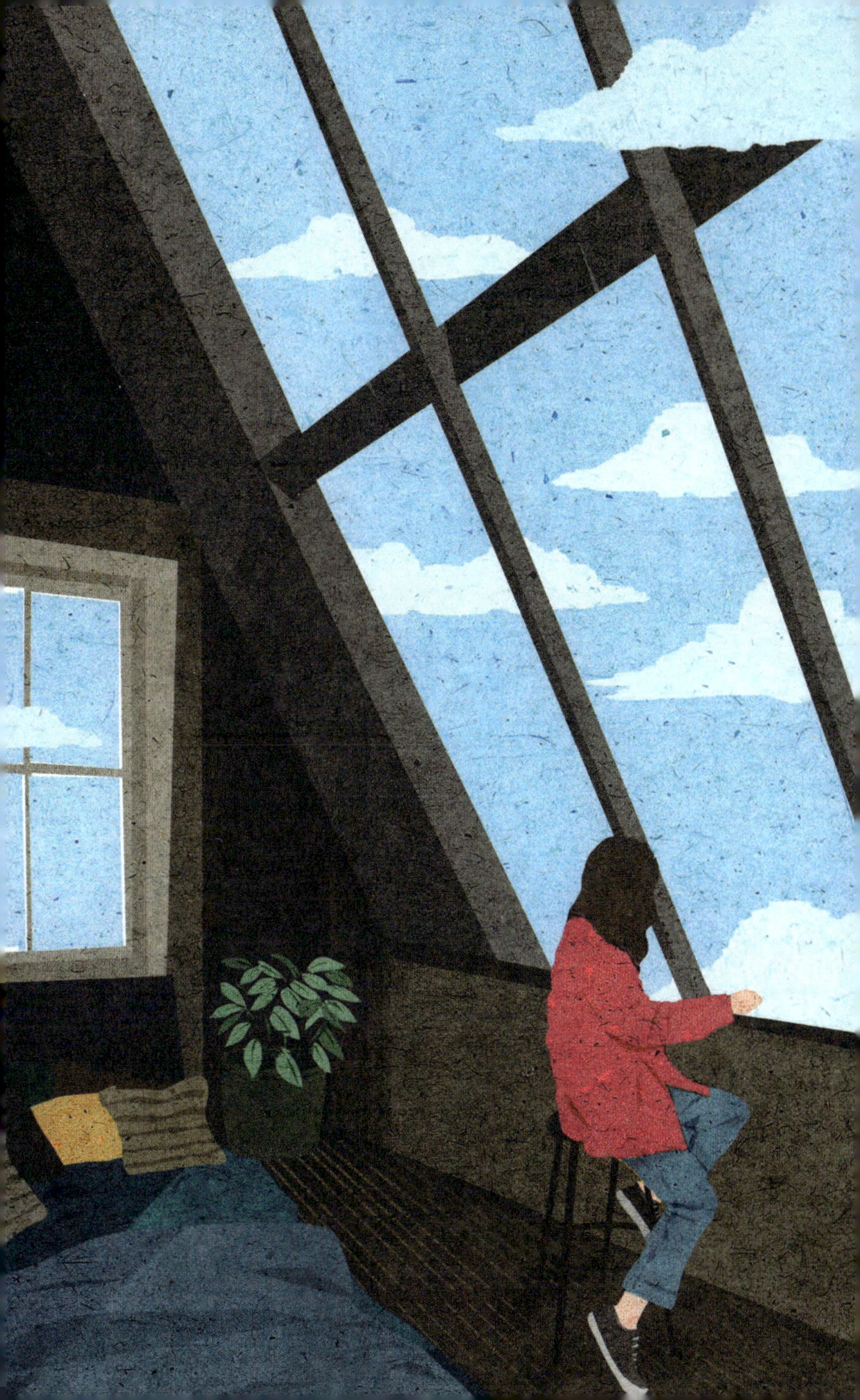

问风

我问了问轻风
如今的那里
是否还有花儿绽放、月亮升起?

想听风告诉我
那个让我魂牵梦绕、难以忘怀的人儿
是否还在那里徘徊不前
等待着我?

她是否仍独自哼唱着
曾为我唱过的那首歌
眼泪潸然而下?

思念

再也无法忍耐了

现在是该磨墨的时刻了

徘徊

我所爱的人啊
你不会知晓
我在这遥远的边防绕着圈巡逻时
有多么想念你

我所爱的人啊
你肯定猜不到
我在这冬季的水库旁徜徉着
清澈的水面上倒映着远处的山峦
几朵冬日白云悠然飘过
水面上浮现你可掬的笑颜
但随即,我却拾起一块小石子扔进水中
悲伤下的恶作剧打破了原本的静谧

山茱萸花凋零之地

我爱你，我拥有了爱情

虽然应该对某个人说出来

但我却无法找到一个能够放心说出口的人

在山茱萸花旁无意识地低声细语

开出金黄花朵的山茱萸背了我的话

转述给暖和的阳光

转述给来玩的山雀

转述给潺潺的溪水

我爱你，我拥有了爱情

实在无法说出那人的名字

所以除了名字，我毫无保留地讲出了所有

夏日里，溪水大声吟唱着奔流不息

现在秋日已去，溪水声也收敛了起来

只有山茱萸花凋零之地，果实依然鲜红

在雪的映衬下更加美丽与红润

爱的喜悦

如果我说
世界因你而变得绿意盎然
你或许会认为
我是个爱撒谎的人

如果我说
世界因你而欣喜若狂
你还是会认为
我是个爱撒谎的人

如果我说,自从拥有了你
我感觉像拥有了全世界
你更加会认为
我是个爱撒谎的人

如果我说我的世界

因你而变得悲伤和孤独

你仍然会说

我是个爱撒谎的人

来到这世上的我

来到这个世上
我从未想过
要把什么东西占为己有

如果一定要说想拥有什么东西
那或许是天空中的一小片蔚蓝
一把清风
和一抹晚霞

若能再贪心一点的话
就再加一片在地上滚动的
落叶

来到这世上

我从未想过

要将谁当作所爱之人珍藏心底

如果一定要说我爱过谁

仅有一人

就是那个眼神明亮

心中藏着清澈伤悲的人

若能再贪心一些的话

就算两鬓斑白,也绝不羞怯

想见到的那个人

是你

初雪

最近好几天没能与你相见
好似枯苗望雨般渴望

昨夜又是无尽漆黑
思念之心
更显深邃无底

连日来一直想念着你
如饥如渴的心
变得无尽黯淡的心
化作雪花飘落

你洁白的心
拥我入怀

COFFEE SHOP

EAT · DRINK · LOVE · COOK · PLAY

想你

想你
当思念之情
充盈我整个心怀时
你就会出现在我的面前
犹如黑暗中的烛光
在我面前,笑着

好想你
当我想你的言语
在我的唇间弥漫时
你便会在树下等我
也会在我走过的巷口
化为草叶,化为阳光
静静等着我

花(1)

再去相爱一次

再犯一次罪过

再次求得宽恕吧

因为,现在是春天

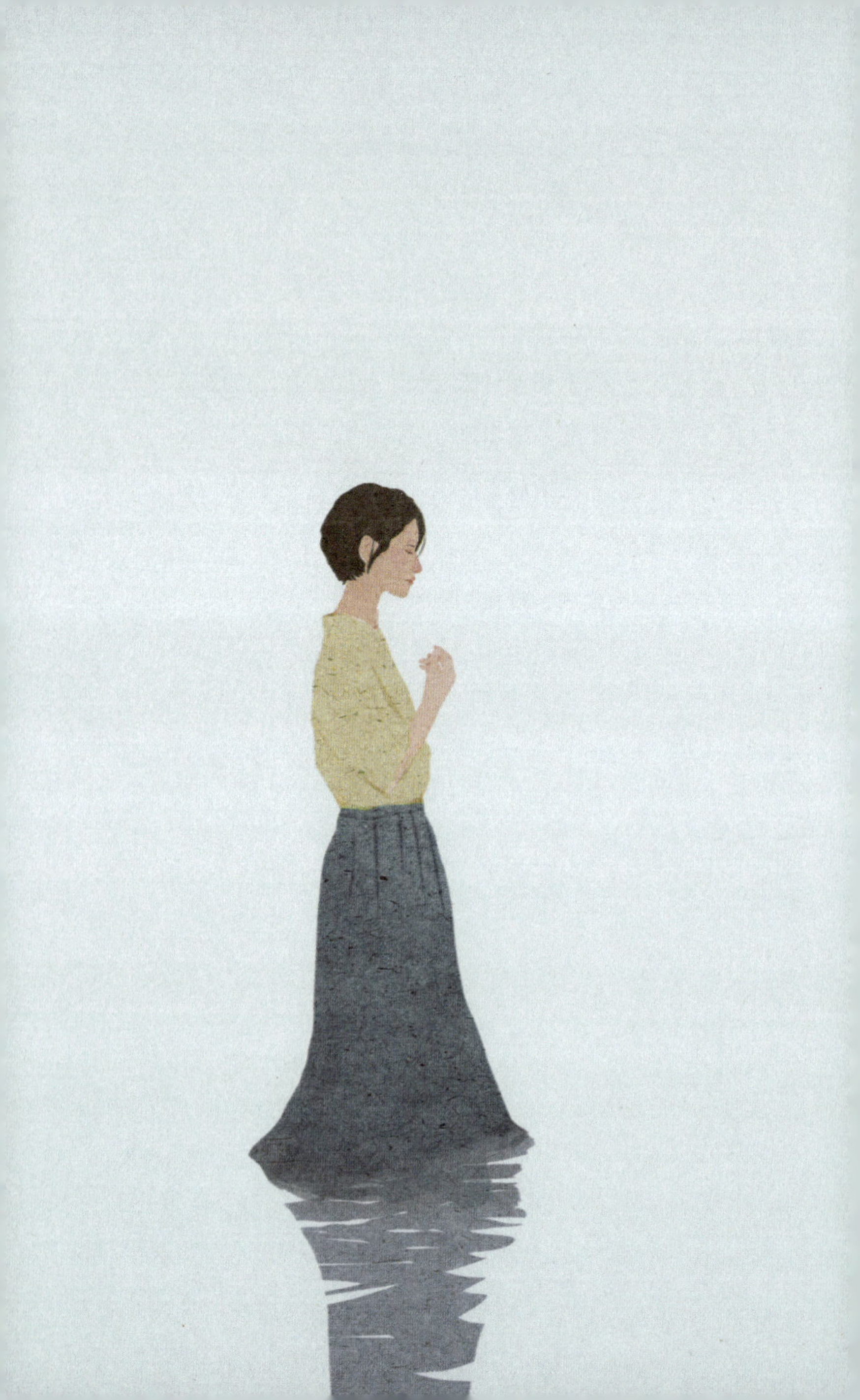

第二部
有你在旁,便是幸福

——献给世上的每一位妻子

礼物（1）

在这苍穹之下我收到的

最大的礼物

就是今天

而在今天收到的礼物中

最美的礼物

就是你

你轻柔的声音和嫣然的笑脸

还有那随意哼唱的一段歌曲

是一种犹如在夏日拥抱大海的无限喜悦

谢谢你（1）

听说

相爱的人之间有个秘密

更爱对方的人必定是弱者

昨天输了

今天也输了

明天依然会输掉这场拔河比赛

这是一场

就算输了也不会垂头丧气

反而令人欢喜的游戏

听说

在相爱的人之间有个秘密

输得更多的人才是最终的赢家

谢谢你

让我领悟了这个秘密

痣

肌肤白皙的女子
总为自己脸上那颗黑痣
感到难为情
然而在男子眼中
那颗痣却令人喜爱
女子羞涩的心
与男子深深的爱意
在那颗黑痣中相遇
构筑起另一颗更加闪耀
坚不可摧的痣

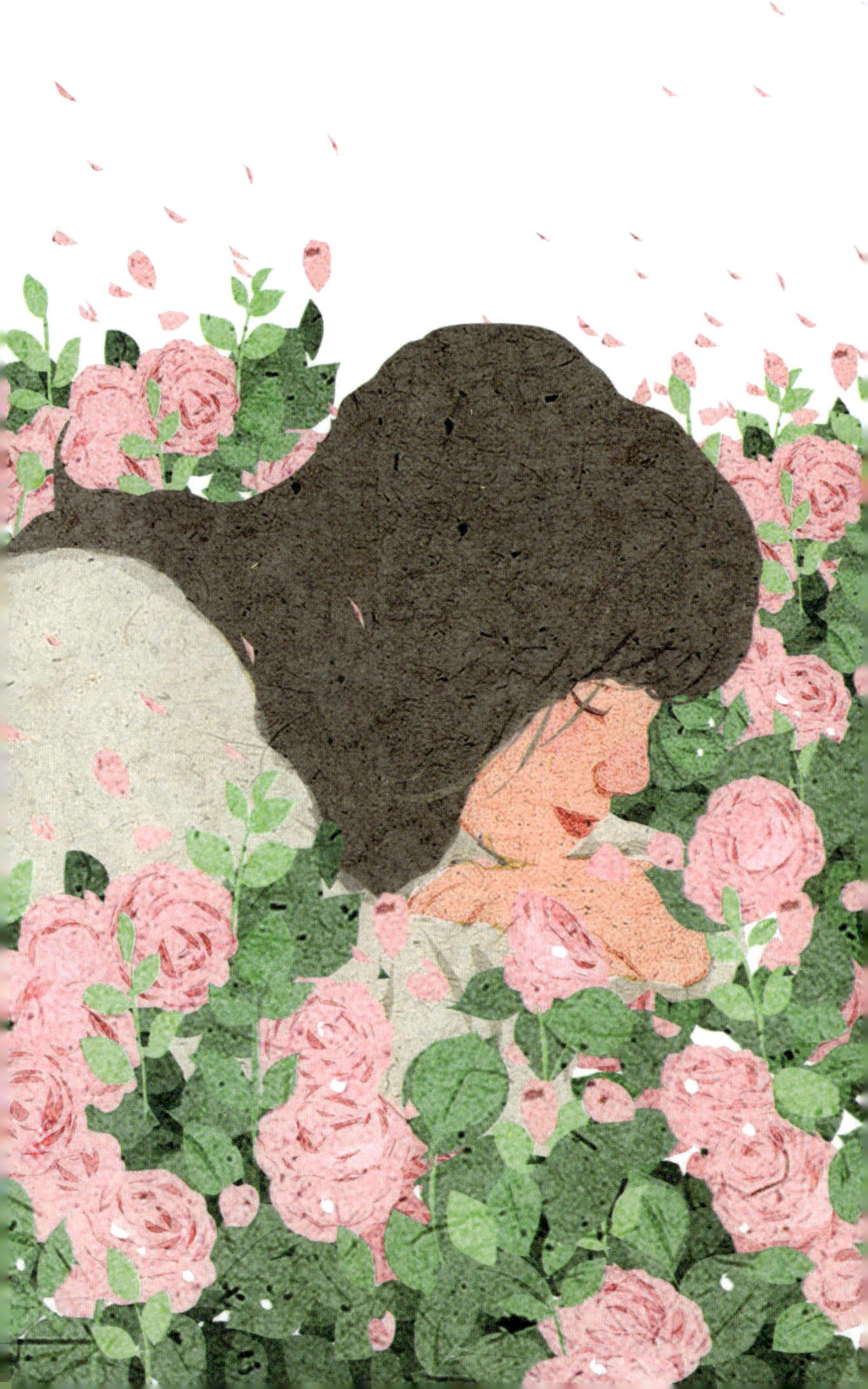

春雨

当爱降临时
俯身哭泣

当爱离去时
就站着哭吧

这样你就成了一颗种子
我也成了一颗种子

最终我们必将枝繁叶茂,郁郁葱葱
成为彼此的荫庇

害羞

我不敢握住
你从前面伸出的手

因为与你面对面
会让我感到害羞
好担心被别人看到

相反,你从身后伸出的手
我会紧紧握住

这代表了我的信任
也代表了我的心意

遵从您的旨意

主啊！我深爱着
也痛苦着
即使痛苦
却仍然继续爱着

酱缸台子上
摆满了酱缸
其中也不乏已经有了裂纹
把手掉落的盐缸

是修补后继续使用
还是直接扔掉
我都遵从您的旨意

我的爱情是假的

我虽嘴上这么说

爱情就是要输

即使输给对方,也不会有一丝不快

但输给对方后

真能心平气和吗?

我虽嘴上这么说

爱情就是要舍弃

即使舍弃所有,也仍然感到很幸福

但舍弃了以后

真的还能感受到幸福吗?

爱你的方式

我无法向你承诺

永恒的爱情

无法保证这份爱

能够爱到海枯石烂

然而至少在今天

我的心里想着你

我敢自信满满地告诉你

就在此刻

我是全情投入地在爱你

这便是当下的我

能给到的最好的爱

是我爱你的方式

起风的日子

纵使两棵树相隔很远
也不代表它们不相爱。
纵使两棵树从不对视
也不代表它们不思念彼此

在起风的日子里
独自走进森林里看看吧
这棵树在摇动时
那棵树也会随之摇动

这是这棵树
一直爱着那棵树的证据
也是那棵树
不停地想念这棵树的明证

纵使今天你我天各一方

未能说上一句话

也并不代表我们不相爱

不代表我们不思念彼此

关于爱的回答

将不漂亮的事物视为漂亮
这便是爱情

将瑕疵当成优点来看
这便是爱情

讨厌的事全都耐心忍受
不仅只是最初做做样子而已

而是过了很久很久以后也始终如一
这便是爱情

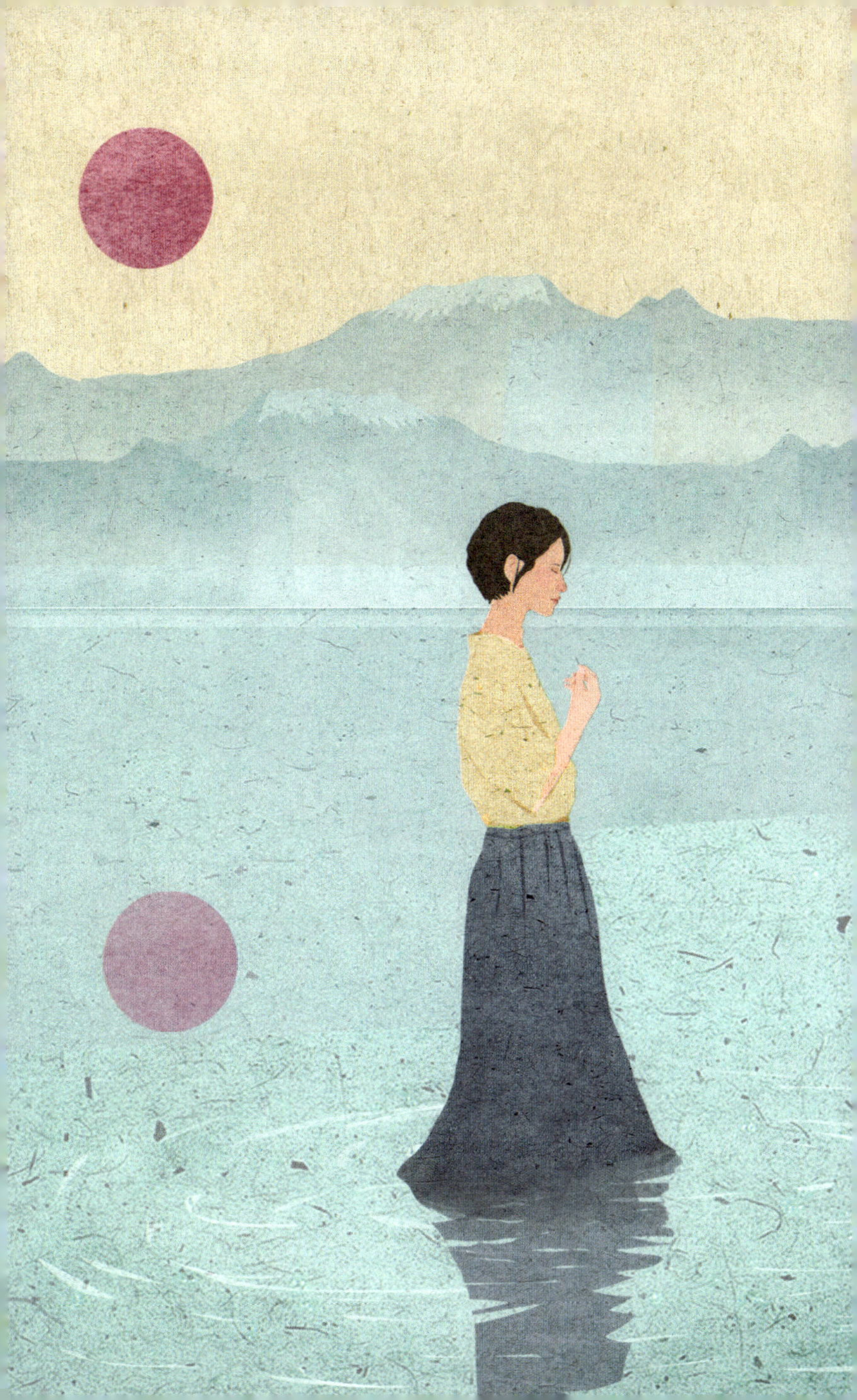

花（2）

把好美这句话
轻轻地压回心底

把好难受这句话
硬生生咽进胸腔

把好爱你这句话
艰难地吞进心里

将失落、遗憾和郁闷的话语
一次又一次
从嗓子眼硬塞了回去

最终，她决定让自己成为一朵花

花（3）

不是因为你的美丽

不是因为你的出众

更不是因为你的富有

仅仅因为是你

因为你是你

所以思念，所以可爱，所以惹人怜

最终深深地印在我的心中

没有原因

如果有，只有一个

仅仅因为是你！

因为你是你

所以珍贵，所以美丽，所以惹人爱

花儿啊，请你永远做你自己吧

把戏

今早,我把昨天偷偷买好的耳环递到了你面前
干吗呀
你一边嘟嚷着一边戴上
你的耳朵就和那小小蝴蝶一样美

吃完午饭离开餐厅时,我把鞋子整齐地摆在你面前
干吗呀
你的脚丫就好像刚出生的哺乳动物宝宝一样可爱

下午,我买了冰淇淋跑回你身边拿到了你面前
干吗呀
你咬着冰淇淋的嘴唇就跟金鱼一样讨人喜爱

我到底在干吗……
为了讨你欢心
真是什么都做了

晴空

天空实在太晴朗了
晴朗到我忍不住想落泪

你实在太美了
美到我忍不住想落泪

不对

是我实在太可怜了
才会如此想哭

赤脚

直到你赤着脚
在我面前也不感到难为情为止

直到我赤着脚
在你面前也不感到难为情为止

那便是信任
是爱情的另一种模样

害羞固然是爱情
但信任是更为深沉的爱

不自量

不自量地
思考了一下余下的青春

不自量地
思考了一下余下的爱情

听说蜡烛要一直到灯芯都燃烧殆尽
才能称之为蜡烛

听说一生唯有一次的
才能称之为爱情……

在世上的几日

有时是脏兮兮的纸窗上隐约露出一缕朦胧的月光
有时是原野里摇曳着高大白杨树枝的风
会是倾盆而下的雷阵雨吗?
有时只是打湿衣角和发丝的蒙蒙细雨
有时却是不打招呼,就直冲到海边旅馆门前的响亮涛声
谁不是这样呢?
在世上停留片刻便要离去的几日里,有这样那样的事情
是喜欢的,是悲伤的,是疲倦的
与你的相遇,让我怦然心动,让我心潮澎湃
但随之而来的却是漫长的寂寥,痛苦与等待
有时是夏日离开时,染在小指指甲上的鲜红凤仙花汁液
有时是被剪下的指甲上的茫茫初雪
是眼中含着泪吗?
我眨了眨眼,又再次眨了眨……

爱情有时是

爱情有时是同频共振
爱情有时是一起流着汗,做着同一件事
爱情有时是深情地牵着彼此的手款款漫步

如此而已

爱情有时是不用说话
也能心有灵犀
听到彼此心底温柔的悄语

没有比这更美好的事了

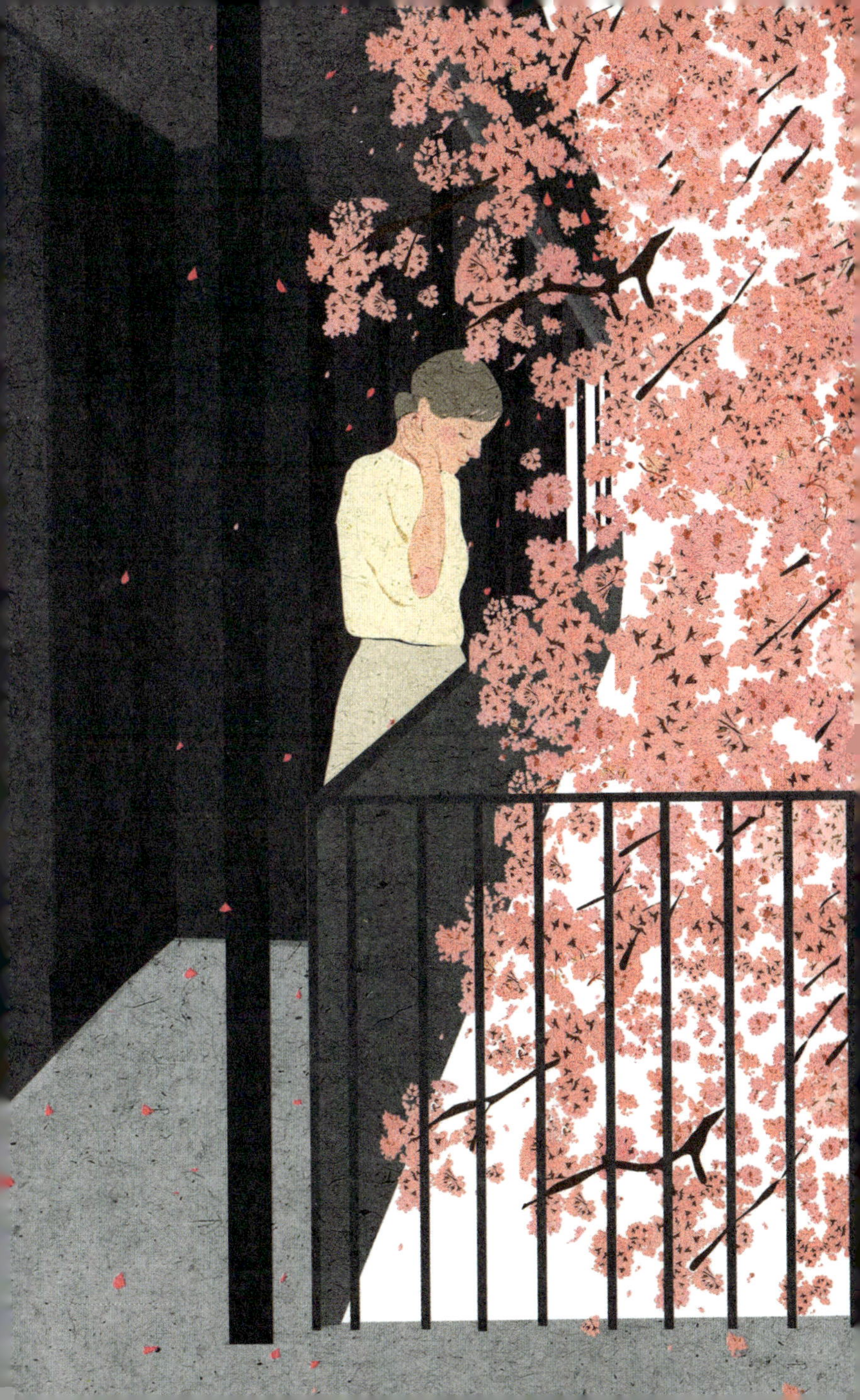

花（4）

你为什么在我面前
说着不愿嫁给我
却泪眼婆娑呢？

说因为我住在乡下
说我只是个小学老师
所以不愿意成为我的妻子
可你为什么又哭个不停呢？

我是真的
搞不懂你的心呀

女孩啊
你是那般悲伤难过
怎么在我眼中还是如花儿一般呢？

秘密日记（2）

我说过

自己是一个喜欢白云的人

而你接了话说

你对车子或房子更有兴趣

这样一起生活会很辛苦的……

但我也会尽我所能好好生活

你笑盈盈地回答我

那模样更美了

归根结底

只要看着你的脸庞就充满喜悦
只要听到你的声音就感到庆幸
你温柔的目光是我喜悦的源泉

归根结底

只要听着你的呼吸声
站在你身边就是幸福
你活在这世界
就是我活着且存在的理由

恋爱

每天从睡梦中醒来

头一件事就是想你

和你说说心里话

第一个祷告也都为你而作

我也经历过那些受罪的日子

木莲花落

希望你离开我的那天
是个花开的日子
希望那天是个春日
那我就能在百花齐放中
看到木莲花在天地间
如同被点亮的白色花灯般绽放着

希望你离开我的那天
我不会号啕大哭
希望我能轻轻挥手道别
当作你只是踏上了一场短途旅行
让你一路顺风,去去就回

即便真能如此

我心底的那朵花

也会在你看不到的地方凋零

洁白纯净的木莲花哽咽着

强忍着泪水

　一瓣一瓣地飘落在地

长久的爱

石头碎裂会变成沙砾

人的心碎裂了,会成为什么呢?

彻夜啼鸣的鸟

清晨的露珠

挂在瓦房屋檐上的月牙

被吹动的风铃声

海水干涸会成为陆地

那我们的爱情干涸了会成为什么呢?

那样的人

有那么一个人
曾是我世界的全部

仅凭那一个人
我的世界就变得充实,变得温暖

那一个人的存在
曾让世界闪耀光辉

即使狂风大作
因为她我也从不畏惧

有时我也想成为她心中
那样的人

恳挚请求

拜托你一定要健康
也希望你不会老去

尽管有人说
无欲无求是最好的生活状态
但连希望都放弃
是万万不行的

这就是我最恳挚的
请求

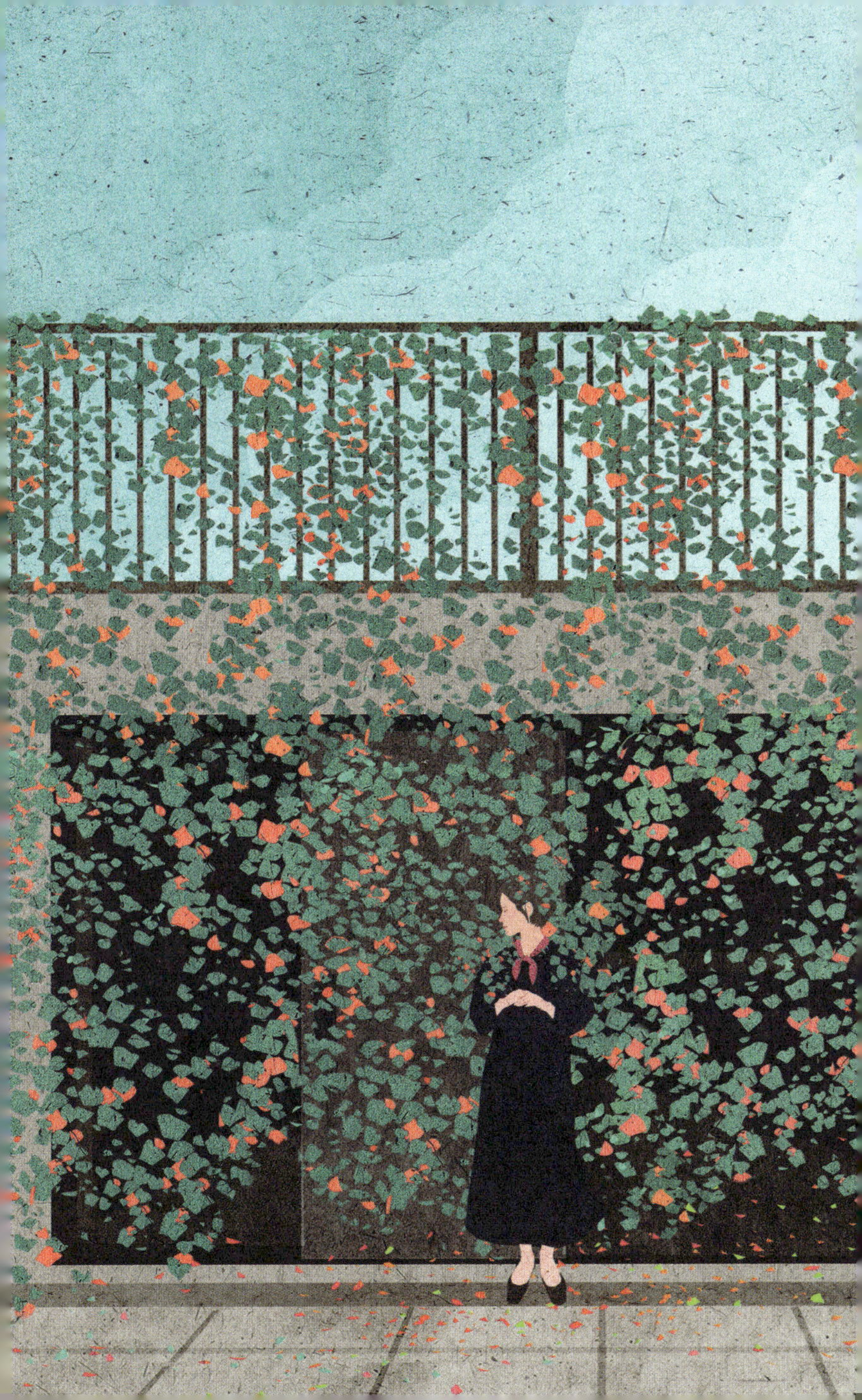

对于爱情的劝告

你是否曾经因为爱情
仅仅因为爱某个人
而哭泣?

你是否曾经因为思念之情
只是因为思念某个人
而整夜不眠?

就算是天真也无妨
就算是愚蠢也无碍
就算是拙笨的人生也无所谓

你从来没有想过
会用颤抖的手
再为一个女人或为一个男人
写封长长的信吗?

请不要忘记

我们都曾经有过

那因一个人夜不能寐

甚至因一点小事

就感觉天地都将崩塌的日子

但也因此,我们成为这世上

那个曾经幸福过、悲伤过、孤独过的人

所以我希望你不要为过去感到后悔

礼物（2）

对我而言，在这世上度过的每一天都是礼物
一早醒来的明媚阳光、鸟鸣声
还有清爽的风是第一份礼物

偶然瞥见郁郁葱葱的青山也是礼物
看到河水悲伤地拖着宛如蛇尾摇曳的流水
蜿蜒而逝亦是一份礼物

正午的阳光照射着的
叶片宽阔的高大树木也是礼物
路上被我踩在脚下的
无名小野花同样是一份礼物

然而地球送给我的最大礼物
就是在这个星球遇到的你
你永远是我最珍贵的礼物

即使斜阳余晖染红了天空

也请你不要感到心痛或悲伤

我希望这一刻对你而言

也能成为最美好的礼物

绸缎江

踏过千山万水之后
我才真正知道什么是
犹如绸缎般秀丽的江水

见过芸芸众生之后
才真正了解对我来说
你是多么重要

哪里有
能活过百年的人啊?
哪里有
能超过五十年的爱情啊?

今日

我再次走过了江畔

反复念叨着

漫步田间小径

1
能来到这个世界与你相遇
对我来说是多么幸运啊
因为想念着你
我的世界开始闪耀发光
世上之人何其多，唯有你
唯有想念着你
我的世界才能变得温暖

2

昨天我走在田间小径上

想起了你

今天我走在田间小径上

想起了你

昨天我踩在脚下的小草

今天又在风中摇曳生姿

我看着

被风吹动的草叶

希望自己也是被你踏过后

依然能重焕生机的小草

我希望自己能成为你面前

轻轻颤动着的小草

赤足

我想替你揉揉你的脚

人生路上,不可能一切顺利
不可能一帆风顺

或有泥泞,或有碎石阻挡
或有惊涛骇浪汹涌而至

但你的赤足还是
那么柔软与馨香

我想轻轻地替你揉揉你的脚

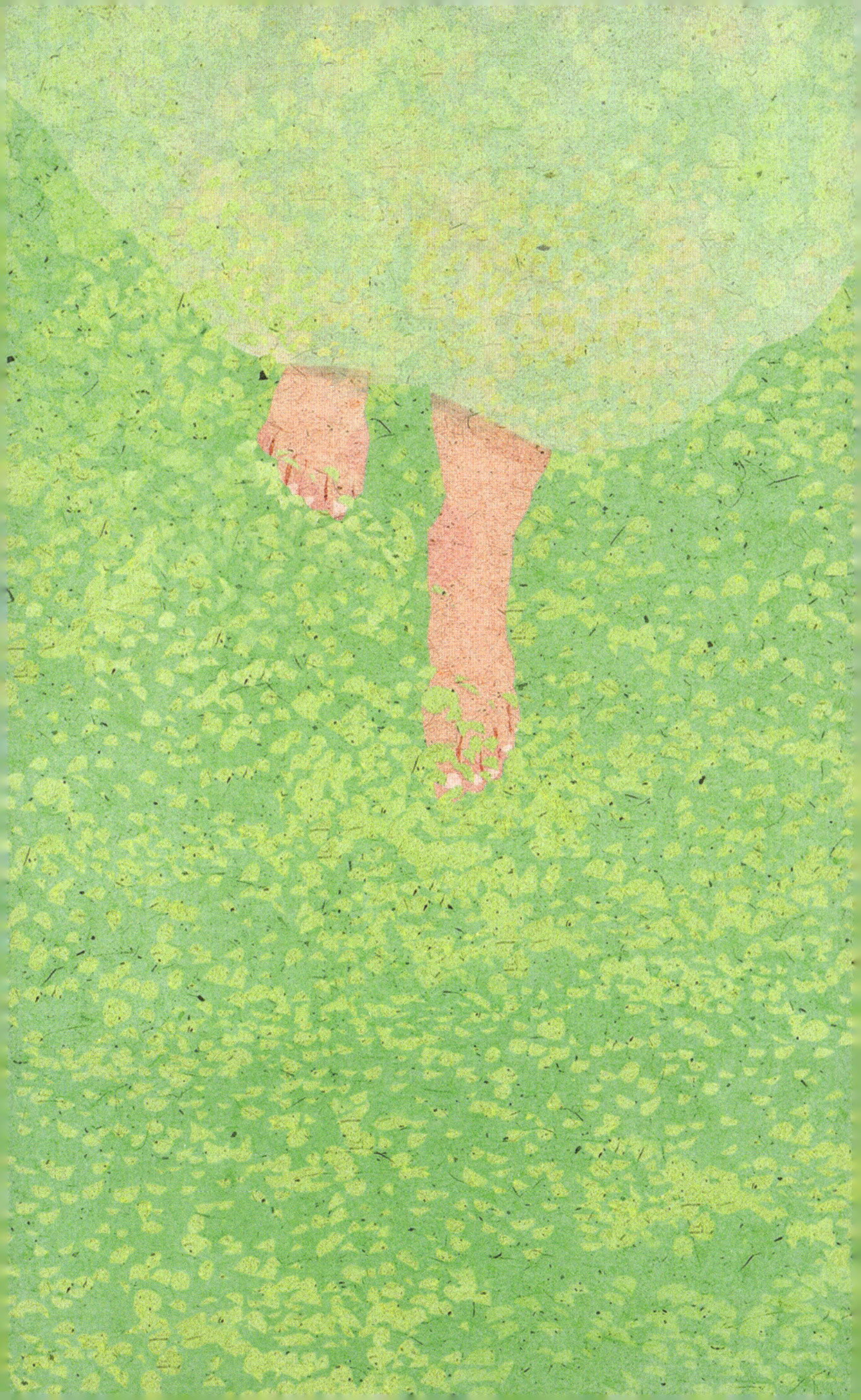

夕阳真好

夕阳真美好啊
女子坐在阳光照射的窗前
眯着双眼,眼下生出了微微的细褶
笑着

此刻不会再匆忙了
双手紧握着彻夜不眠
泪水也不会再滴落

我清楚地知道她的明眸里
有我
她也知晓我的心房中
住着她

夕阳真美好啊

山的影子掩映了

另一座山峦的山腰

披上阴影后

唯一未被笼罩的山巅

更加耀眼夺目了

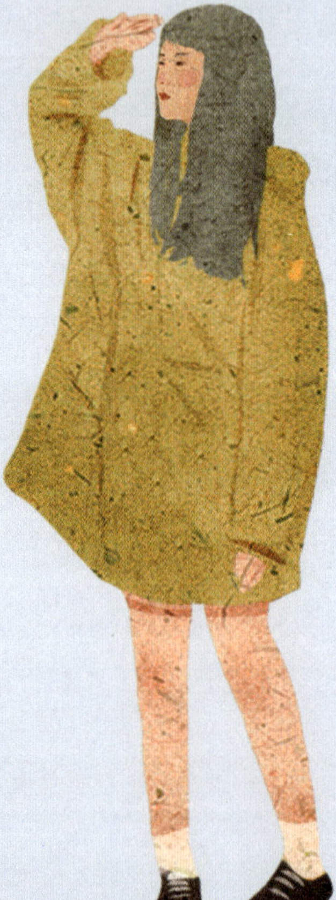

第三部
一想起你,心中便生出嫩芽

——献给世上的每一位女儿

春天的子民

即使我人生的春天已经离去
但因为有你
我仍是春天的子民

我一想起你
心中便生出嫩芽
翠绿色的娇嫩新芽

我一想起你
心中便开出鲜花
粉红色的娇柔花朵

我喜欢有你的世界
我喜欢想着你的我
我喜欢呼吸着的你

谢谢你（2）

今天你也辛苦了
早些休息，好好睡一觉吧

今天我们依然相隔甚远
但因为想着你
我的一天充满了温情，让人舒心
世界也因此变得更加温暖

只要想起你
辽阔的天空就会变得窄小
漆黑的夜晚也会变得明亮
我的心不仅变得年轻起来
甚至变得像个孩童

所以谢谢你，谢谢你

被爱着的人

我好爱好爱你
你也知道的吧?

无论在什么境况下
我希望你都能珍惜自己,爱护自己

我担心你那美丽又稚嫩的身心
会受伤,会疲惫

致青春

现在累了吧?
先前也很累了吧?
一定很累了

如果我对你的爱
能稍微减轻你的疲惫
哪怕只有一点点
那该多好啊?

无法拥抱你的
遗憾
只是看着就让人难受的
心疼

我实在说不出

要你再忍耐一下的话

只能在你脚底

屈膝跪地

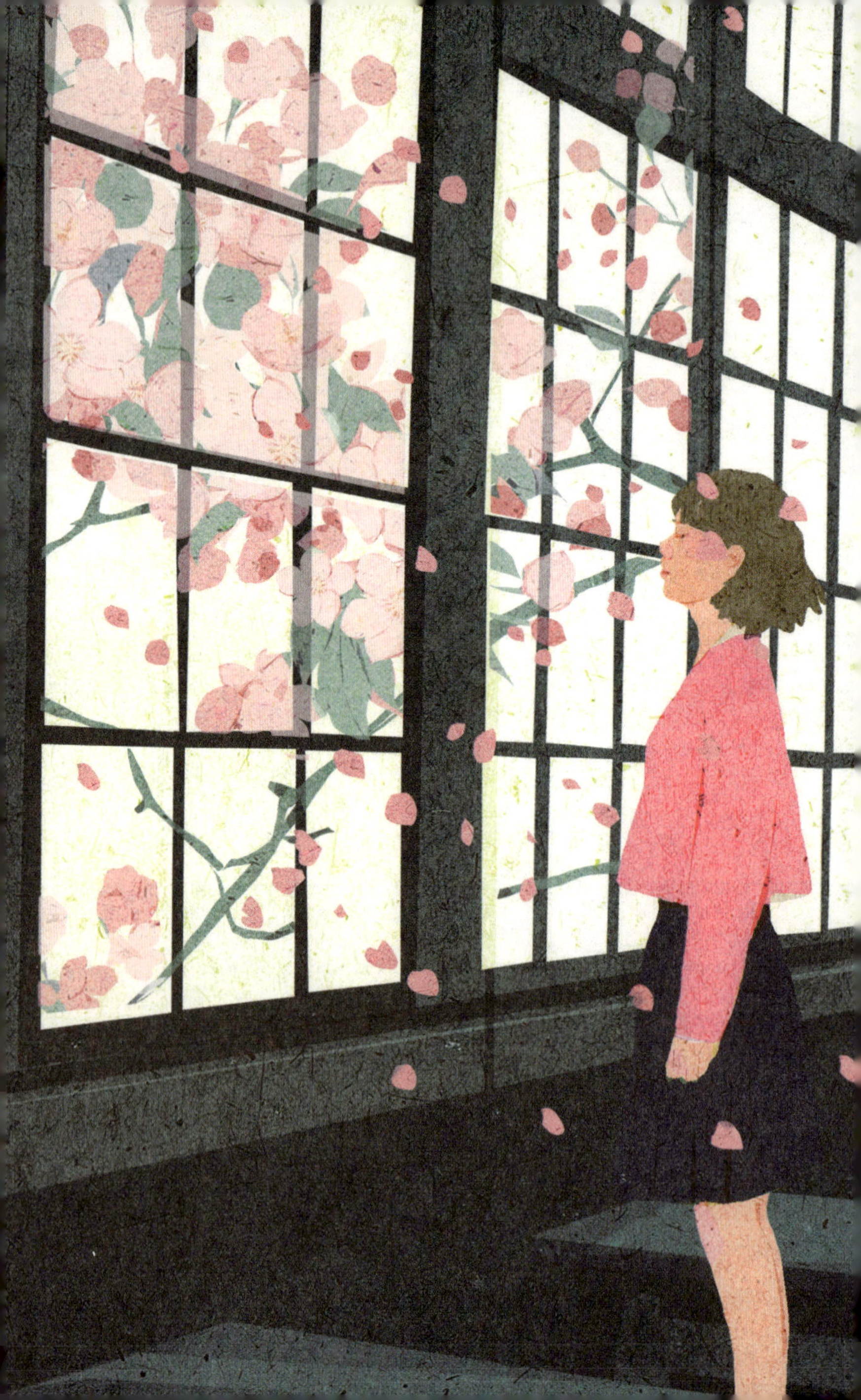

独自一人

比起成群盛放的花丛
那些三三两两绽放的花朵
窃窃私语,更显情深

比起三三两两绽放的花朵
那株独自盛开的花
落落大方,更显美艳

所以请你不要
因为今天成了一朵孤独的花
而感到太过痛苦

笑而不语

上帝爱着我

上帝所爱的我
爱着你

我所爱的你
又爱着谁呢?

你笑而不语

彼此的花

我们是彼此的花
彼此的祈祷

我不在时
你想念我了对吧?
你时常会想起我对吧?

我生病时
你感到担心了对吧?
你想为我祈祷对吧?

我也同样如此
我们是彼此的祈祷
彼此的花

街头祈祷

在街头
站在风吹过的街头
抓住你准备远行的脚
我祈祷着

愿祝福降于这双脚
愿它得到庇佑
无论前路多么遥远
也不要让其感到疲倦

愿她历经重重困难后
最终还能再次回到
这个灯火通明的地方
这条街道

那么很快

你将成为一只长颈鹿

是高大而腿脚健壮的

那种长颈鹿

你会大步流星地向前

穿行于高楼大厦之间

穿行于浩瀚星海之间

经过遥远的路途后

再次回到我的面前

祝贺

拥抱天空

拥抱大地

剩下的力气

我只想用来拥抱你。

爱情（3）

上帝如何洞悉
要将你引至我的身旁？

你是微风轻拂下
总在不安颤动的乐器

你是随波流过千万里
丝绸般秀丽的霞光江水

我只想把你拥入怀中
你是我无法拒绝的世界

为你而来

我想将来到这个世界后
所说的话语中
最好听的一句
说给你听

我想将来到这个世界后
所闪过的念头中
最美丽的一个
献给你

我想讲来到这个世界后
所能做出的表情中
最好看的一个
展现给你

这就是

我爱你的真正因由

在你面前

我就想成为更优秀的人

幸福

不是的
幸福,并非藏匿于
人生尽头的某个角落
它就扎根在我们的人生中
幸福早在我们为了寻找它
而不停奔走的那条路上静候着你
你知道吧?

在追寻幸福的道路上
即便有一天走到了尽头
依然能感受到其中的美好
那才是真正的幸福
你也早已知晓了吧?

难得今日能看到

晴朗无云的秋日天空

我在远方

又开始思念起你来

我所爱之人

我所爱之人
会悲其所悲
亦会痛其所痛

站在人前时
不傲慢
站在人后时
不卑微

我所爱之人
是会厌其所厌
亦爱其所爱的
普通人

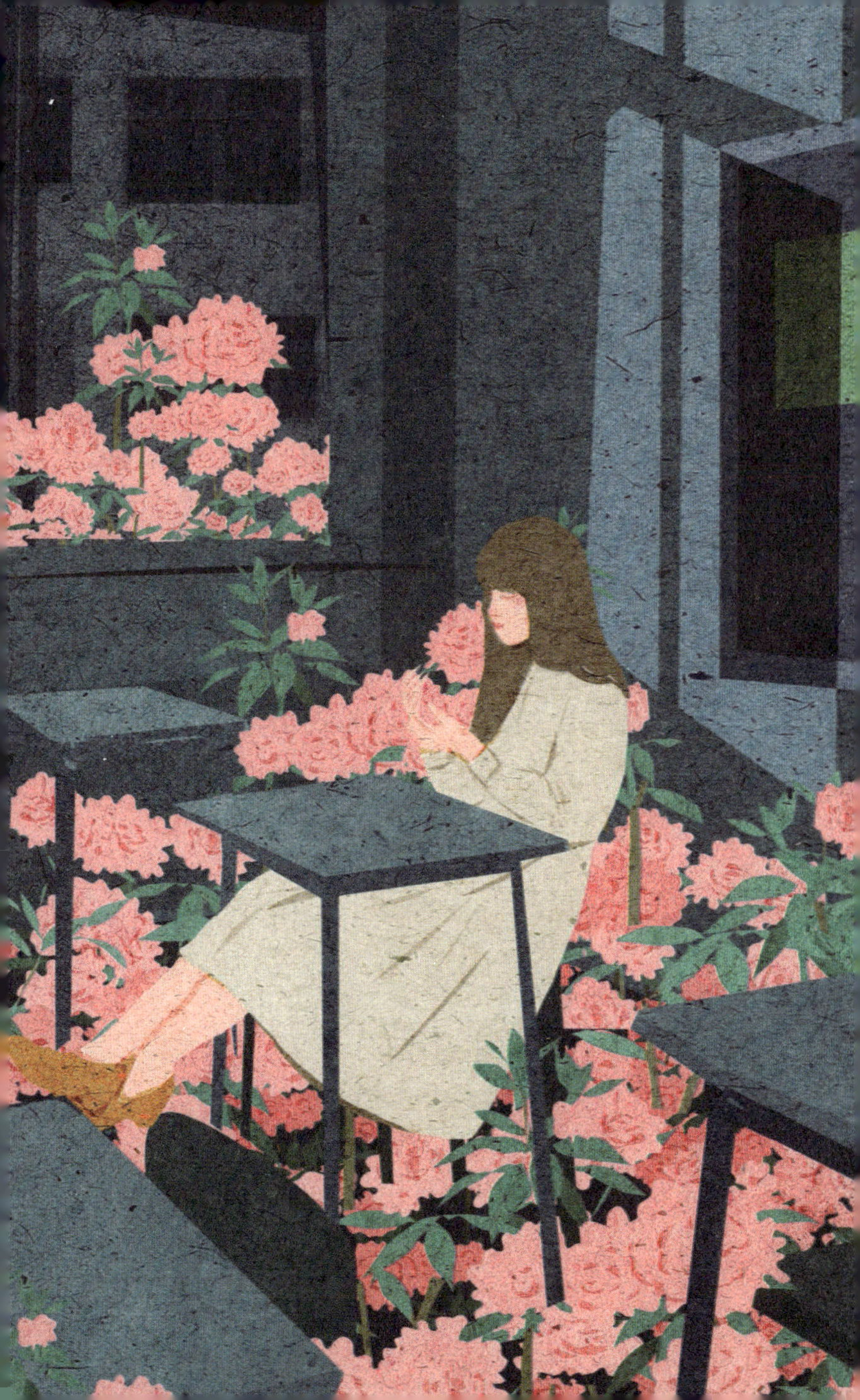

微末的心愿

今天
又是艰难度过的一日
就像用双臂抱起了整个地球一样
这一天过得好累好累

或许你也是如此
忍受着晕船的难受和狂风巨浪
远航在风高浪急的遥远大海上
今天你捕到了多少鱼儿呢?

但是孩子啊
即使捕获的鱼儿并不多
即使实现的事情并不多
能平安度过这令人提心吊胆的一天
就先心存感激吧

此刻夜幕再次降临

黑暗轻拥我们疲惫的身心

让我们能好好歇息

劝说着休息吧！快休息吧！

当夜幕被晨光掀起

新的清晨到来了

你将再次从睡梦中醒来

坐上船前往世界的深处

这是正如今天一般微末的

我们的心愿和梦想

台风过后

我想听听你的声音
让我听听你的声音吧
我没事
我一切都好

台风过后的
隔天
天空晴朗蔚蓝
云彩也变得更高更白了

无法走近的心

你的鞋子
鞋底应该磨损得
很厉害吧

我在等待你的时候
你也不能来到我身边
一直站在门外

彷徨不定
焦灼不安
你的那颗心最终也没能向我走来

我在想
要不要再买一双鞋子
寄给你

是爱情就前进吧

是爱情就前进吧
无论他是一表人才
还是相貌平平
跟随爱的足迹前行吧

是爱情就前进吧
无论他是出类拔萃
还是无所作为
跟随爱的足迹前行吧

是爱情就前进吧
无论他身体健康
还是稍许不佳
跟随爱的足迹远行吧

两个人一同出发

去欣赏花朵吧

最好能开花结果

一起成为花吧

即使只是短暂的时光

即使时间转瞬即逝又有何妨

若能毫无遗憾地相爱

若能频频表达深情

纵然你们二人

化作高山又有何妨

变成海洋

在晚霞中消失殆尽

又有何妨

你的名字

艺瑟啊

艺瑟啊

越是喊你的名字

我的唇就变得越柔软

艺瑟啊

艺瑟啊

越是在心中默念你的名字

我的心就变得越温暖

我是树叶

我是露水

我也是天空中飘浮的

白云之舟

每次呼唤你的名字

我仿佛就会变成

更加善良的人

我仿佛就会变成

更加美丽的人

与孩子告别

没错,今天我依旧

因为你如此漂亮而开心

没错,今天我依旧

因为你的快乐而感到更加喜悦

但我想说的是

你要好好吃饭,好好睡觉

要健健康康的才行

知道了吗?真的听清楚了吧?

问候

已经
想见你很久很久了

已经
没见面很久很久了

但只要你过得好
我就不胜感激了

遥祝

只是因为你
在某个我不知道的地方
像一朵隐形的花一般微笑着
世界再次变成耀眼的清晨

只是因为我
在某个你不知道的地方
像一片隐形的叶一般呼吸着
让世界再次变成宁静的夜晚

秋天来了,要保重身体啊

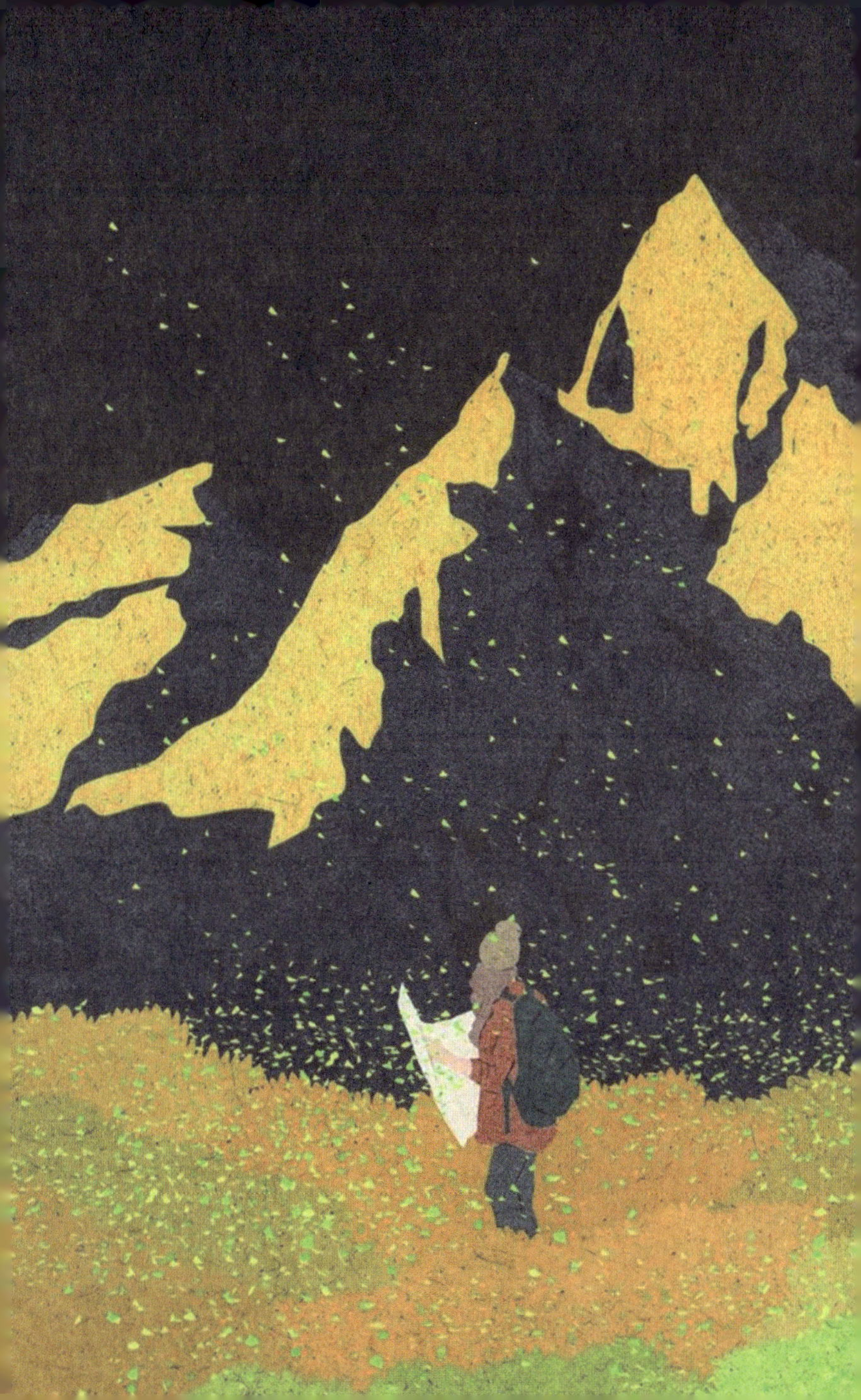

挂念

我时常挂念着
那些从未踏及的小巷

我时常憧憬着
从未见过的花田
和花田里的美丽花朵

在世界的某个地方藏着
我们从未探索过的巷陌
和我们未曾见过的花田
只是想到这些
希望便铺满心间

我活在这世上
是为了与那些未曾相识的人相遇

在世界的某个地方有着

我们未曾见过的人

只是想到这些

我的心便会怦然跳动

照相的时候

每次与你照相
我的内心并非满怀喜悦
而是饱含悲伤

或许因为这是离别时间将至
匆忙拍摄的照片
才会这样吧

活着的每一天如同人生一般
充满离别与伤感
还有漫长的等待
才会那样吧

但愿我们今日

能把离别、悲伤和等待

当作是一种幸福

当作是生命的祝福

就这样活下去吧

我相信未来

我相信今天

我相信你

也相信崇高的那位

会将照顾与关怀带给你

寄给你

天空好美

云朵好美

我要把晴朗的天空

和清澈的心灵

都寄给你

我就在这里

你在那里要好好的

我们偶尔

也要问候彼此

也要分享近况

天色如洗

和风习习

我要把这美好的风

美好的天空

全都寄给你

花开冬日

回来了,回来了
说了几次都没回来
要走了,要走了
说了几次都没走成

就算这样也不错
你会一如往昔
来到我的心房住下
我会一如既往
去到你的心里住下

如今冬日再次来临

但是我呢

还是会开花

想到你的每个瞬间

都会开出花来

愿你也能绽放出

这世上独一无二的花

无人见过的花

至今还没有名字的花

再见,我的爱

再见,我的爱
你走吧,不要哭泣
你走吧,不要回头
我就在原地

无论什么时候想回来就回来吧
感到厌倦感到辛苦就回来吧
到那一天,我仍然是
那个等着你的人

你不必成为星星
你不必成为花朵
我来成为闪耀的星
我来成为绽放的花

不,不对

我会变成地上滚动的小石子

等待着你的归来

爱你的聪慧

我爱你的聪慧

我爱你的青春

我爱你的美丽

我爱你的干净

我爱你的不造作

还爱你心中充满梦想

我也会爱你的自私

会爱你的冲动

爱你的脆弱

爱你的虚荣

还会爱着你的傲慢

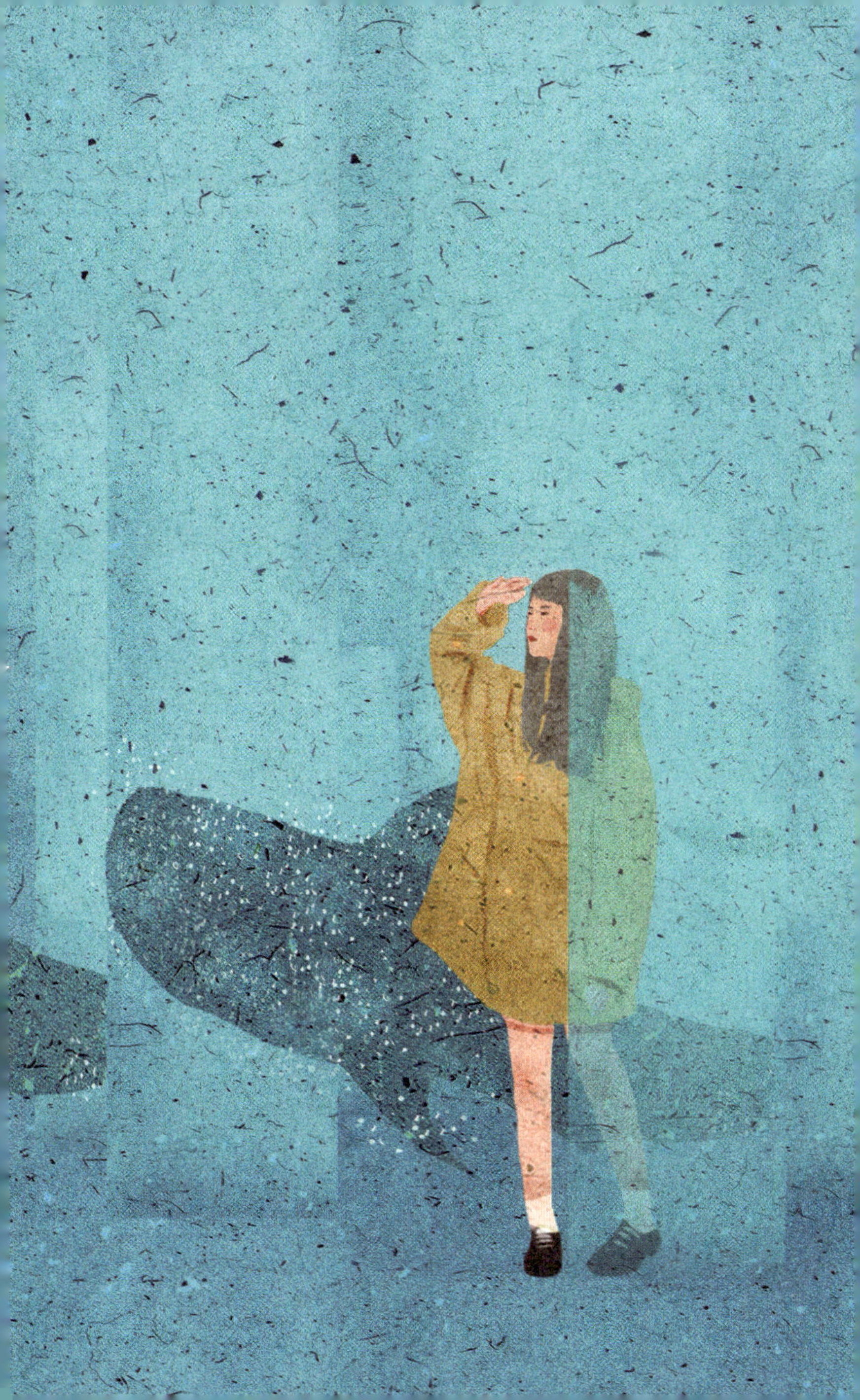

为青春而唱的摇篮曲

知道了

我的小可爱

晚安哟

今天遭受的

痛苦

困难

或是

委屈

全都卸下吧

晚安咯

好好睡吧

在梦中

不要哽咽

也不要哭泣

你哪怕是独自一人

也能成为

闪耀的星辰

铺满

整个地球

拥有

整片天空

买围巾送给你

好想好想你
即使如此,我也要耐住性子
等到一月,你说好会回来的那天

这对我来说
是每天的希望
也是我翘首跂踵、继续活下去的力量

现在已是脖子被冷风吹得发凉的
十二月中旬
河水也变得更加湛蓝了

你离开后

我独自走在
雪花纷飞的夜路上

看着褪去外衣的树枝
和从嘴里呼出的白烟

我一边想着
你为何如此温情脉脉

一边想着
要和你一起淋这场雪

安好

我很好

听到你这样说,我也一切安好

即使如此

我喜欢你笑起来的时候
我喜欢你说话的时候
但我也喜欢你不说话的时候
气鼓鼓的脸颊,冷漠的神情
或是偶尔尖刻的腔调
即使如此,我依然喜欢你

向你问候

问你近来可好
却听到你疲惫的嗓音
问你何时归来
你冷冷地说还不知道

振作起来,振作!
我的公主啊
春来春又去了
不是吗?

夏日将至
虽然会是又热又惹人烦的季节
但还是要打起精神来好好生活
这样我们才能再次相见啊

倘若炎夏无缘见面

那便在金秋相聚吧

愿你今日也一切安好

我望着灰蒙蒙的天，向你问候

真正的爱

真正的爱
是给予对方自由
并同时给予他
爱我的自由
以及厌我的自由

真正的爱
是给予对方自由
不计较任何代价
同时给予他
留在我身旁的自由
以及离开我的自由

我只是静静看着
半睁着眼睛
静静看着

憧憬

越是感到孤独的时候
越要独处

越是想多说话的时候
越要谨慎

想哭的念头越是强烈
越要把泪水藏在心中

憧憬,向往吧——

请走出人群远离尘嚣吧
站在白杨高耸之处
低头踏上山路独自前行吧

请您容许

我所爱之人

是一位极其美丽和珍贵的人

在她前行的路上

请别让我成为她的绊脚石

我所爱之人走的路

是一条极其光明且绚丽的路

请别让她犹豫不决

我所深爱之人

踏上熠熠生辉的似锦前程

我只愿能以深沉爱意与祝福之心

默默地注视着她

请您容许

求您容许我这样做